長編小説

ふたつの禁断

長男の嫁と次男の嫁

霧原一輝

目次

※この作品は竹書房文庫のために
書き下ろされたものです。

第一章　長男の嫁

1

お粥《かゆ》をすくったスプーンにフー、フー息を吹きかけて、冷ましている美和子《みわこ》を見ながら、

「悪いね、お粥まで食べさせてもらって」

早坂宗則《はやさかむねのり》は布団に上体を立てる。

美和子は長男である崇史《たかし》の嫁で、ちょうど三十歳を迎えたところだ。

かるくウエーブした髪がやさしげな顔にふわっとかかり、湯気の立つお粥を一生懸命に冷まそうとしているその表情をとても愛《いと》おしく感じてしまう。

「すみません。熱くないか確かめてみますね」

美和子は木のスプーンから少しお粥を口にして、

「これなら、大丈夫そう……」

スプーンを宗則の口に近づける。

「はい、口を開けてくださいね……はい、アーン」

アーンという言葉につられて、宗則は口を開ける。

高熱がつづいてカサついている唇を一生懸命に開く。不思議なもので、「アーン」と言われると、ついつい条件反射的に口を開けてしまう。

その空間に上手《うま》くスプーンが入り込んできて、それを頬張ると、卵粥の美味《おい》しさが舌にしみ込んだ。すると、美和子は上手い具合にスプーンを抜き、口のなかにお粥が残る。

嚙《か》む必要はないのだが、二、三度咀嚼《そしやく》して、嚥下《えんげ》すると、ちょうどいい温かさのお粥が食道へと落ちていく。溶き卵が効いていて美味しい。

美和子が心配そうな顔でこちらをうかがっているので、

「美味しいよ。美和子さんは本当に料理が上手い」

宗則が言うと、美和子はほっとしたような顔をしながらも、そんな、と手を左右に振って、謙遜《けんそん》をする。

「もう少し召し上がられますか？」

「ああ、美味しいから、どうにか食べられそうだ」

美和子はスプーンにすくって、息で冷ました卵粥を口に運びながら、言う。

「はい、アーンしてくださいね」

宗則は思わず「アーン」と言ってしまいそうになって、かろうじてこらえ、息子の嫁が作ってくれた卵粥を食べる。

前からそうだったが、美和子と一緒にいると、とても温かい気持ちになる。

ただ温かいだけではなく、その底には、恋人同士のような悦《よろこ》びがあって、今もその気持ちをどう扱っていいのか、わからない。

長男の崇史が結婚したのが四年前、崇史が三十一歳で美和子が二十六歳だった。当時は、妻の江里子《えりこ》も元気だった。

初めて美和子を婚約者として紹介されたとき、宗則はその偶然に驚かされた。

宗則は定年の六十歳まで、公立高校の教師をしていた。数多くの生徒を教えてきたのだが、美和子はその教え子のひとりだったのだ。

およそ十三年前、五十三歳の宗則は英語の教師として、旧姓小暮《こぐれ》美和子を教えたことがあった。高校二年生の担任を受け持ったときで、よく覚えている。

とても利発で、学業ばかりかスポーツもでき、性格も良くてみんなに慕われていて、図書委員をしていた。最初はその清楚な容姿に、のちにその人間性に惹《ひ》かれた。だからと言って、特別目をかけるわけにもいかず、公平に接したつもりだ。三年生のときは担任を外れたが、彼女が地元のもっとも偏差値の高い大学に合格できてよかったと、ほっとしたことを覚えている。

その後、彼女は多忙だったらしく、同窓会にも顔を出さなかったから、逢《あ》えていなかった。それが、長男の結婚相手としていきなり、目の前に現れたのだから、心底驚いた。

美和子はすでに崇史の父が元担任教師だったことを知っていたようで、初対面のときから、『早坂先生、おひさしぶりです。高二のときに教えていただいた小暮美和子です』と声をかけられた。

あのときの驚愕はいまだに忘れていない。

同時に、心の底で『よくやった』と長男を褒めてやりたかった。

美和子が容姿だけではなく、内面的にも優れている女性であることをわかっていたからだ。

崇史には、早坂家に同居するように勧めたのだが、崇史はここから車で十五分のところの建売住宅を買った。

崇史が勤めている会社にはこの家からも充分に通えるのだが、崇史は同居よりも、近所に住む形を選んだ。

近所に家を買ったのは、子供ができたときに、両親が近くにいれば、何かと便利だからだ。宗則も江里子も孫を待っていた。

だが、残念ながら二人は子供を授かることはなく、その間に妻の江里子が癌《がん》で逝《い》ってしまった。一年三カ月前のことだ。

宗則にはもうひとり、勇樹《ゆうき》という三十歳になる次男がいて、次男も長男より一年遅れで結婚した。相手は莉乃《りの》という現在二十五歳の、明るいが、何を考えているのかわからないところのある女性である。

勇樹もここから車で二十分ほどの距離にあるマンションを借りていて、二家族とも盆暮れやちょっとした行事があるときは、うちに集まる。

息子たちがこの町を選んだのは、ここが都心への通勤圏内であり、様々な施設があり、自然にも恵まれていて、住居環境がいいからだろう。

長男の嫁と次男の嫁がいるわけだが、宗則はどうも次男の嫁が好きにはなれない。容姿はかわいいのだが、何か腹にイチモツを持っているようで、気が許せない。

その点、長男の嫁の美和子は、器量がいいだけでなく、気性もいい。生前の妻も、『美和子さん、本当にいい人ね。家事もしっかりやるのよ。言っちゃなんだけど、莉乃さんとは大違い。莉乃さん、あまり家事もしないし、料理をしているところを見たことないでしょ？　そりゃあ、美和子さんは専業主婦で、莉乃さんは外で働いているっていう違いはあるけど、それにしてもね……崇史が美和子さんのような人と一緒になって、本当によかった。崇史には出来すぎの人よ』

と、美和子を語るときはうれしそうだった。

それを聞くと、宗則は教え子を褒められているようで、うれしかった。

妻も宗則と同じで、教師をしていたが、子供ができたときに辞めていた。

公立の高校教師は地方公務員で、退職金は悪くない。二人でゆっくりと第二の人生を過ごしたかった。二人の息子の孫も楽しみのひとつだった。

だが、突然、妻が癌で逝ってしまった。宗則の失意は大きかった。

そして、妻が亡くなって一年三カ月の間。義父の家での独り暮らしを心配してくれたのだろう、美和子は頻繁にうちに来てくれた。

掃除はもちろんのこと、栄養が偏《かたよ》るといけないからと、家のキッチンで野菜をふんだんに使った手料理を作ってくれた。

妻を亡くして、宗則がどうにかして生きてこられたのも、長男の嫁が義父を心配して、度々家に来てくれたからだ。

最初は教え子が、自分の息子の嫁であり、また義父の自分の世話まで焼いてくれることが、どこか不思議だった。

しかし、時間が経過するにつれて、慣れた。そして、教え子という意識が、今は男と女のそれに変わりつつあった。

美和子がこうやってお粥まで食べさせてくれているのには理由がある。宗則は風邪をこじらせてしまったようで、咳がひどく、昨日から高熱が出た。

自分ひとりでは医者にも行けないような状態で、長男の崇史に連絡をしたところ、崇史は今、出張中で明後日まで帰宅できないのだと言う。

『美和子に連絡をするから、車で医者に連れていってもらい、診察が終わったら、家で安静にしていればいい。美和子に看病をするように言っておく。ちょうど、俺も今、出張しているから、美和子も時間があるはずだ。明後日に帰るけど、それまで美和子についていてもらったらいい。美和子はインフルエンザの予防接種を受けているし、たとえ父さんがインフルだとしても、免疫はあるしね。とにかく、無理しないで、家にいてくれ。すぐに、美和子に車で行かせるから』

そう崇史に電話で言われた。

崇史は現在三十五歳で、大きなチェーン店であるドラッグストアの課長をしている。各地に出店したストアの経営具合をチェックして、問題点があったら、改善するという重要な役割を担っているので、やたら出張が多い。一年を通しても、三分の一ほどは各地に出張している。

美和子が度々我が家を訪れるのは、その寂しさを埋めるためでもあるだろう。

今回も昨日家に来て、医者に連れていってくれ、その後も我が家に泊まって看病してくれた。お蔭で、だいぶ熱もさがった。幸い、インフルエンザではなかった。

今日中は看病してくれるが、経過が順調であれば、明日には家に帰るという。

夜になって、宗則はだいぶ熱もさがり、快方に向かいつつあるようだった。

2

「ありがとう。あとは自分で食べられそうだ。そこについていてくれればいいよ」

宗則は美和子から器とスプーンを受け取って、自分でお粥を口に運ぶ。

美和子がそれを心配そうに眺めている。

元々の夫婦の寝室は、二階の角部屋だった。だが、ひとりになると、寝るときにいちいち階段を上っていくことが面倒になって、今は一階の和室を寝室に使っている。この歳になると、寝床から起きあがるのが大変だし、看護の際は絶対にベッドのほうが楽だから、近い将来はベッドに変えるつもりである。

今、美和子は畳に置かれた座布団に座っている。

正座ではつらいのだろう、少し足を斜めにして、崩して座っているので、膝丈のスカートがずりあがって、むっちりとした太腿《ふともも》がわずかにのぞいてしまっている。

三十路《みそじ》を迎えると、どんな女も成熟への道をたどるのだろう。

美和子も結婚当時のスレンダーな感じと較べると、随分と肉感的になった。

四年経過して、乳房も腰も女らしい豊かさを増した。それが、仕事を辞めて主婦生活に入ったからなのか、それとも、崇史との性生活がそうさせたのか……。おそらく両方だろう。

宗則がお粥を食べ終わると、美和子は器を受け取り、お膳に載せた。

それから、お手拭きをつかみ、身を乗り出すようにして、宗則の口許《くちもと》をかるく押すように拭いてくれる。そのとき、クリーム色のニットに包まれた乳房が近づいてきた。

（ああ、この胸に顔を埋めたい……！）

そんな不埒《ふらち》な気持ちを悟られまいと、宗則は目を瞑《つむ》る。

いい匂いがする。髪のコンディショナーの爽やかな香りだろうか、化粧品の甘い香り？　それとも、肌の懐かしい匂い？　それらが渾然《こんぜん》一体となって鼻孔から忍び込み、宗則の本能を刺激する。

匂いが去り、美和子が言った。

「お義父《とう》さま、随分と汗をかいていらっしゃいますね」

「あ、ああ……熱が高くて、汗をかいたかもしれない。峠を越したんだろうね、だいぶさがったけどね」

「だったら、着替えましょうか？　あの、下着とパジャマはどこですか？」

「……そこのタンスの引き出しに。一番下と二番目だ」

美和子はタンスの引き出しから、下着と新しいパジャマを取り出した。そこで、ちょっと考えて、

「お体も拭いたほうがいいですよね？　用意をしてきますから、少しの間、横になってお休みになっていらしてください」

宗則は自分のために、甲斐甲斐《かいがい》しく働いてくれる美和子を、とても愛《いと》おしい存在に感じる。

まるで、女房だ。いや、それ以上かもしれない。

(美和子さんが俺の女房だったらな……！)

そう思い、

(何をバカなことを……彼女は長男の嫁じゃないか！　それに、かつての教え子だったんだぞ)

そう自分を戒める。

横になって待っていると、美和子が部屋に入ってきた。

クリーム色のニットを着た美和子は、ニットがフィットタイプの薄いものであるがゆえに、胸の形が強調されており、その急峻な角度でふくらんだ双乳の曲線に目を奪われる。

スカートは膝丈の普通のボックススカートだが、尻がパーンと横に張っていて、その肉感的な腰つきは美和子が熟女の範疇《はんちゅう》に入りつつあることを教えてくれる。

それなのに、顔はいたってやさしく、穏やかで、そのギャップが宗則を魅了している。

裸になっても寒くないようにと考えたのだろう、美和子は石油ストーブを強にして、宗則にまずは上着を脱ぐように言う。

上体を立てた宗則がパジャマを脱ぐと、汗でぐっしょりの下着が肌に張りついていた。宗則がその下着を頭から脱ごうとしたとき、美和子が手伝ってくれた。

両手をあげた宗則の頭部から下着が抜けていき、一瞬、宗則は上半身裸になる。寒さが襲ってきたが、美和子がお湯を絞ったタオルで、背中と胸板、さらに、腋《わき》の下を丁寧に拭《ぬぐ》ってくれる。

気持ち良すぎて、目を瞑った。

「すぐに済みますからね」

美和子はそう言うが、宗則はこの時間がずっとつづけばいいのにと思った。

甘い匂いがする。タオル一枚隔てたところに、美和子の手がはっきりと感じられる。幸せだった。

美和子は手際よく汗を拭うと、用意していた下着を着せてくれる。さらに、その上から新しいパジャマをはおらせてくれる。ボタンを留めた宗則は、

「ありがとう。美和子さん、すごく、さっぱりしたよ」

礼を言うと、

「では、お義父さま、下も着替えてしまいましょう」

美和子が平然と言った。

「ああ、いや……下は自分でできるから」

「ご自分ではよく拭けないでしょ？　大丈夫ですよ。さあ、お父さま、下を脱いでくださいね」

「いや、でも……」

「平気ですよ。早くしないと、冷えます」

「わ、わかった」

宗則は急いで、パジャマのズボンとブリーフを脱ぎにかかる。いったん仰臥《ぎょうが》し、足をあげて抜き取っていく。立ちあがるのがつらいので、この無様《ぶざま》な格好しか方法はなかった。

脱いで、股間を手で隠した。

すると、洗面器のお湯でタオルをゆすいで絞った美和子が、温かいタオルで下半身を拭きはじめる。

腹部から太腿へとほかほかのタオルで汗を拭われると、ひどく気持ちが良かった。

下半身を拭いてくれている美和子の尻が後ろに突き出されている。

スカートがずりあがって、肌色のパンティストッキングに包まれた太腿がのぞき、その奥がもう少しで見えそうだ。

パンティストッキングに包まれたむちむちした熟れた太腿を目《ま》の当たりにして、不肖のムスコが頭を擡《もた》げてくる。

（ああ、ダメだ。見られたら、恥ずかしすぎる！）

相手は息子の嫁だ。かつての教え子だ。清拭《せいしき》されて、義父が、先生が股間のものをおっ勃《た》てるなど、あってはならない。

だが、美和子の使っているタオルが太腿の内側を股間へと這いあがってくると、ムスコの暴走は止まらなくなった。高熱は処方された薬で随分とさがっている。それもあって、性的な昂奮《こうふん》を覚えるまでに体調が回復しているのだろう。

最近はぴくりともせずに、排尿器官に堕していたイチモツが、自分でも驚くほどに力を漲《みなぎ》らせている。

必死に両手でそれを隠していると、美和子がまさかのことを言った。

「お義父さま、手をどかしてください。そうでないと、肝心な部分を拭けません」

「ああ、いや……いいよ。そこは……」

「ここが一番汚れるところでしょ？　それに、すぐに終わりますから……さあ、早くしないと冷えてしまいますよ」

「わ、わかった……何も言わないでくれよ」

宗則はそう釘を刺してから、両手を外した。

どかしたはなから、頭を振って姿を現した肉の塔を見て、美和子がハッと息を呑《の》むのがわかった。

見てはいけないものを見てしまったとばかりに、顔をそむける。

「ゴメン……申し訳ない。自分でやるから、タオルを……」

「……いえ、やります。だ、大丈夫ですから……」

美和子は明らかに動揺している。それを隠して、ちらちらと勃起に視線をやりながら、いきりたつものに触れてくる。

半分、視線を外し、雄々しく反りたっているイチモツを濡れタオルでおずおずと拭く。

すると、宗則の愚息はますます力を漲らせて、ギンとしてしまう。

自分でも惚《ほ》れ惚《ぼ》れとするくらいの角度だ。こんなすさまじいエレクトを体験したのは、いつ以来だろうか？

美和子がタオルを睾丸《こうがん》のほうにずらして、鼠蹊《そけい》部を柔らかく拭きはじめた。そうしながら、左手の指をゆっくりと肉柱にからませて、おずおずとしごきだした。

（こ、これは……！）

稲妻が背筋から脳天を貫いた。

義父の愚息を、清拭という名目があるにせよ、長男の嫁がしごいてくれているのだ。かつての教え子が恩師のイチモツを握っているのだ。

（あってはならないことだ！　あってはならない！　しかし、気持ち良すぎる！）

宗則は仰臥したまま、もたらされる悦びに満たされている。

これはしてはいけないことだ。決して踏み込んではいけない禁断の園だ。

しかし、この背筋を貫く、比類なき快感……！

宗則は歓喜に震えながら、美和子を見た。

美和子はうつむいたまま、左手から右手に持ち替えて、ゆっくりと肉棹《にくざお》を握りしごいている。

肩が細かく震え、目が瞬《またた》かれる。

長い睫《まつ》毛《げ》が持ちあがり、美和子はじっと宗則の分身を見た。それから、宗則が自分を見ていることに気づいて、恥ずかしい、とばかりに目を伏せる。

宗則はある欲求をこらえられなくなった。こんなことを自分からしては、義父失格だ。しかし、下腹部から立ち昇る充溢《じゅういつ》感が、宗則の背中を押した。

宗則は右手を、こちらに向かって突き出されているスカートの奥へとすべり込ませた。

「あっ……！」

と、短い声を洩《も》らして、美和子がぎゅうと太腿をよじりたてた。かまわず、太腿をまさぐると、美和子は膝を開いていく。

「いけません。こんなこと……いけません。ぁああ、ああん、そこはダメっ……んっ！」

宗則が太腿の奥に指を届かせたとき、美和子がびくっとして、勃起を握る指にさらに力を込めた。

宗則は右手を上から差し込んで、左右の太腿の合わさるところを、指腹で上下に擦る。

「ンっ……あっ……ダメ、ダメ、ダメっ……くうぅぅ」

美和子は顔をのけぞらせながら、足を開いている。

パンティストッキングのぬめぬめとした感触の内側で、柔らかく、濡れたものが息づいているのを感じて、宗則は一瞬我を忘れて、そこを指で強めにさすった。

「ぁああ、いけません……わたし、どうなっても知りませんよ」

美和子は顔をのけぞらせたまま言う。

「かまわないんだよ。どうなってもいいんだ」

「でも、わたしは崇史さんの妻なんですよ」

「……わかっている。きみはかつての教え子でもある。わかってるさ、そんなこと
……だけど、さっき美和子さんは自分から握ってきた」

「……すみません。ゴメンなさい。すみません……あの、じつは……」

美和子が何か言いかけて、やめた。

「じつは……何？」

「いえ、いいんです」

「いいから、言ってごらん」

「……」

美和子の目が迷っていた。

「いいんだ。話してくれ、頼む」

言い切ると、美和子がおずおずと話しはじめた。

「じつは……あの……こんなこと、お義父さまに言いつけるようで、いやなんですが
……あの、やっぱり、やめます。自分が惨《みじ》めになります」

美和子が言いかけて、口を噤《つぐ》んだ。

「ここまで言ったんだ。大丈夫。何を聞いても、俺は大丈夫だから……教えてください」

しつこく訴えると、とうとう美和子が言った。

「あの……あの……崇史さん……不倫しているんです」

「はっ……？」

「崇史さん、不倫をしているんです。会社に相手がいます。年下の部下で、立花結衣《たちばなゆい》と言います。崇史さんの補佐のようなことをしています。だから、出張をするときも、コンビで出張するんです。今回も、彼女と一緒に出張しています」

「だけど、それはあくまでもビジネス上でのことなんじゃないか？　本当に肉体関係があるのか、確かめたのか？」

「はい……一年ほど前から、崇史さんは徐々にわたしを抱かなくなりました。時々、香水の残り香があって……不審に思って、興信所に調べてもらいました。すぐに、不倫だとわかりました……でも、わたしはそのことを崇史さんには言っていません。悔しいですけど、でも、それを崇史さんに突きつけたら、すごく困ると思うんです。立花さん、有能な助手のようですし……だから、我慢しています。そのうちに、別れるだろうと」

「知らなかった。申し訳なかった。あいつに、バカな真似はやめさせるよ」

「いえ、この件はまだ黙っていてください。ずっとつづくようだったら、わたしが崇史さんに切り出します。今はまだ……今、切り出したら、わたしとの関係も終わりかねません。それはいやなんです。まだ、離婚はしたくないんです」

「……わかった。そういうことなら、しばらく様子を見ることにしよう。だけど、俺にできることがあったら、何でも言ってくれ。相談にも乗る。悪かったな。気づいてやれなくて……」

「いいんです。きっと、わたしに魅力がないからなんです。女の三十歳は若くはありませんから」

美和子が太腿をよじり合わせて、右手でスカートの恥丘に当たる部分を、ぎゅうと上から押さえつけた。

3

美和子が自信喪失しているのを知って、励まさなければと思った。

「美和子さんはとても魅力的な人だよ。俺が保証する。高校生のときから、教え子として見ているんだからね。これまでは、息子の嫁だから、あまり褒めても勘違いされると思って、控えてきた。だけど、あなたのような素晴らしい女性はなかなかいない。俺が崇史なら、絶対に浮気なんかしない。美和子さんひとすじに愛するよ。今だって、美和子さんが相手だから、こうなっているんだから」

ちらりと下腹部のものを見ると、それはいまだに頭を擡げている。

「あの頃から、先生はきみを特別な目で見ていた。だけど、それは絶対にしてはいけないことだから、必死に我慢してきたんだ。自分を抑えてきたんだよ……美和子さんが息子の嫁になってからも、ずっとこらえてきた」

ついに言ってはいけないことを告白してしまった。すると、美和子がまさかのことを言った。

「じつは、わたしも早坂先生のこと、特別に思っていたんですよ」

「本当なのか？　だけど、きみが十七歳として、十三年前のことだぞ。俺が五十三歳の頃だ。そんなオジサンを、きみは……？」

「わたしにとっては、渋く、落ちついた、包容力があって、なおかつセクシーさもある魅力的な年上の男性でした。こんなこと打ち明けてはダメなんでしょうけど……早坂先生が教科書をリーディングなさるのを聞きながら、わたし、机の下であそこをぐっと押さえていたんですよ。そうすると、すごく気持ち良くて……わたしは模範生ではなくて、そういうマセた、エッチな生徒だったんです……今だって本当はもう……お義父さま、見てください」

美和子は大胆に足をひろげていく。

スカートがずりあがって、肌色のパンティストッキングに包まれたむっちりとした左右の太腿と、その奥の陰に白いパンティが見える。

「いいんだね？」

問うと、美和子が大きくうなずいた。

宗則は右手をスカートの奥に忍ばせて、パンティの基底部が透けだしている箇所を、指でなぞる。

パンティストッキング越しに柔肉をさするうちに、美和子の尻がじりっ、じりっと揺れはじめた。

「濡れているよ……どんどん湿ってくる」

宗則は右手で柔肉をいじり、左手で硬い棹を握りしごく。

「んっ……あっ……あうぅ……お義父さま、いけません。こんなことなさっては、いけません……ぁあああ」

美和子が演技染みた所作で後ろに手を突き、のけぞるようにして大胆に足を開いた。M字開脚された足の中心を指でいじりつづけていると、

「ぁああ、あうぅぅ……恥ずかしいわ。こんなこと、わたしじゃないみたい……ぁああ、お義父さま、つらいの。つらいの」

美和子が訴えてきた。

「どうしたら、いい？」

「……わからないわ。わかりません」

「パンストとパンティを脱いでくれないか？」

「……でも……」

「いいから、しなさい」

「はい……」

美和子は素直に指示にしたがって、座ったまま腰を浮かし、パンティストッキングとパンティを器用に足先から抜き取っていく。

下半身裸になっても、部屋には石油ストーブが赤い炎を立てているし、加湿器も白い蒸気を吐いているから、寒さは感じないはずだ。現に、宗則もさっきから下半身丸出しになっていても、それほど冷えは感じない。

まだ少し熱っぽさはあるが、勃起するのだから、健康体に近づいているということだろう。

美和子は下半身をさらして、宗則をじっと見る。その不安げでありながら、指示を待っているような悦びをたたえた表情を、宗則はとても愛おしく感じる。

「さっきみたいに足を開いてほしい」

「でも……」

「そうだ。丸見えになる。それがいいんだ。頼むよ、頼みます。こんなになったのは、ほんとうにひさしぶりなんだ」

最後は懇願する。

美和子は横座りになって、逡巡を振り切るように、上になっているほうの足を少しずつ開いていく。すると、スカートとともに片足があがって、仄白《ほのじろ》い内腿の奥に漆黒の翳《かげ》りがのぞいた。

「ああ、すごい……見えるよ。美和子さんのあそこが見えるよ」

「ああ、見ないでください……いや、いや、いや……」

美和子は盛んに首を左右に振る。だが、一度開いた足を閉じようとせずに、大胆にひろげたままだ。

ぎゅっと目を閉じて、唇を噛んでいる。その表情で、美和子が消えてなくなりたくなるような羞恥心に見舞われているのがわかる。

「すごく昂奮するよ。あれがますますギンギンになってきた」

宗則は自分がどんどんエスカレートしているのがわかる。普段はこんなことはしないのに、この状況が大胆にさせる。

「ほら、こうやってしごくと……」

宗則は美和子の下腹部を見つめながら、いきりたっている肉の塔を激しく擦った。余った包皮が亀頭冠の出っ張りにまとわりついて、その摩擦がこれ以上ない快感を生む。

そして、美和子は足を鈍角にひろげながら、義父が手しごきをするそのシーンに目を奪われて、視線を釘付けにしている。

普段の美和子からは想像できない。それだけ、崇史に放っておかれて、肉体が男を欲しているのだろう。

宗則は手しごきをするのを左手に変えて、右手を美和子の太腿の奥に伸ばした。

M字開脚している左右の足を付け根へとなぞりあげていき、手のひらを上に向ける形で肉びらの狭間《はざま》を中指でなぞりあげる。

「んっ……！」

美和子がびくんとして、顔をのけぞらせる。

「すごいね。もうぐっしょりだよ。センズリしているところを見て、昂奮した？」

「……はい」

美和子が素直に答える。

「見るのは、初めて？」

「……はい」

「いいよ、見ていて」

宗則は左手でゆっくりと勃起を擦りながら、右手の中指で肉びらの谷間をなぞる。撫であげると、ぬるっとした粘膜で指がすべっていき、ちょっと力を込めたら、すべり込んでいきそうな箇所もある。

宗則が少し深いところを上下に擦ったとき、何かが粘りついてくる感触があって、

「ああ……ぁああああ、もう、ダメっ……」

美和子がいやいやをするように首を振った。

「ダメなの？　やめようか？」

「いいえ。そうじゃなくて……」

「じゃあ、もっとつづけていい？」

「はい……あの、わたしもあの……」

「何？」

「お義父さまのコレを……」

美和子がいきりたつものをそっと握ってきた。

「しごきたいの？」

「はい……」

「舐《な》めてくれてもいいんだよ」

そそのかした。すると、美和子は這うようにして、横から肉棹を握りしごきながら、そっと顔を寄せる。

「ああ、すごい……硬いわ。お義父さまの……硬くて、大きい……」

賛美するようにいきりたちを見て触って、亀頭冠にちゅっ、ちゅっとキスをした。

「臭くないか？」

「大丈夫です。今、拭いたばかりだから……少しオシッコの匂いがするけど」

「ああ、ゴメン」

「いいんです。お義父さまのオシッコなら、汚くないわ」

美和子はそう言って、尿道口を舌先をちろちろさせて、味わう。

(すごい女だ。愛する男のものなら、何でも受け入れようとする。こういう女は貴重だ)

宗則は六十六歳になるこの歳まで、多くの女性を見てきた。だからこそ、男に真摯《しんし》に向き合い、尽くしてくれる女がいかに貴重であるかをわかっている。

高校生のときはわからなかった。美和子は元々そうだったのか、それとも、後天的にこうなったのか? いずれにしろ、美和子は高校時代より、さらにいい女になった。

美和子は茎胴を右手で握り、ぎゅっ、ぎゅっとしごきあげながら、亀頭部をかるく頬張ってくれる。

それだけで、宗則は羽化登仙《うかとうせん》の境地になる。

信じられない光景だった。

長男の嫁が這うようにして、義父の肉柱に舌を這わせているのだ。

しかも、真横から舐めているので、フィットタイプのニットを着た美和子の胸のふくらみも、背中のしなりも、スカートに包まれたヒップもはっきりと見える。

自分が何をしているのかもわかっている。普通ならこんなことはしなかった。

(崇史がいけないのだ。あいつが不倫をするから……)

そんな思いも、美和子が分身を上から頰張ってきたとき、すべてが吹きとんだ。

（ああ、これが美和子さんのおフェラか……！）

温かい。しかも、一気に根元まで咥《くわ》えてくれたので、分身がすっぽりと温かい沼につかったような、全体を抱擁されている安心感に似た悦びがある。

美和子がゆっくりと首を振りはじめた。

すると、ふっくらとした唇に摩擦され、舌がからんできて、分身が蕩《とろ》けるような快美がうねりあがってくる。

（おフェラって、こんなに気持ちいいものだったか……！）

ひさしく忘れていた感覚だからこそ、今味わっているものをとても大切なものに感じる。

美和子はかるくウエーブした髪をかきあげて、反対に寄せた。したがって、宗則には美和子が肉柱を咥えているその口許をじっくりと見ることができた。

薄いルージュの引かれた唇が肉の塔にからみつき、ゆっくりと上下動する。

鼻の下がやや伸びたその口許、高い鼻梁《びりよう》と長い睫毛……。

美和子は美しい。こんな美しい女が、教え子であり、息子の嫁なのだ。

気持ち良すぎた。その圧倒的な快美が、宗則が禁断の地に足を踏み入れることの不安感を解消してくれる。それが、また宗則を積極的にさせる。

シックスナインを要求すると、美和子はためらっていたが、やがて、受け入れて、おずおずとこちらに向かって尻を突き出してきた。

「いいよ、このまま、俺をまたいで」

「でも……」

「いいから。大丈夫」

言うと、美和子が宗則の顔面をまたいでくる。

「ぁああ、見ないで」

美和子が尻を手で隠した。

その手を外すと、目の前に女の花芯が息づいていた。ふっくらとした豊かな肉びらがわずかにひろがって、その狭間に鮮やかなサーモンピンクのぬめりが顔をのぞかせている。

「きれいだよ。美和子さんのここ、すごくきれいだ」

「そんな……ぁああぁぁ！」

宗則が肉割れを舌でなぞると、美和子は嬌声《きょうせい》に近い声を放って、目の前の勃起を握りしめる。

宗則はそのまま狭間に舌を走らせた。

まったく、余分な匂いも味もしない。そこにあるのは、純粋なメスの器官で、少し酸っぱいような、甘さを抑えたプレーンヨーグルトのような味覚だった。

「ぁあぁ、いや……お義父さま、恥ずかしい……恥ずかしいです」

美和子がくなくなと腰をよじる。

「美味しいよ。美和子さんのここは、すごく美味しい……できたら、俺のアレも口でしてくれないか？」

せかすと、美和子がすぐに頬張ってきた。

上から唇をかぶせ、顔を大きく打ち振って、ずりゅっ、ずりゅっと唇と舌でイチモツをしごいてくる。

下腹部の分身が、充溢しながら蕩けていく。

この快感はフェラチオ以外では味わえないものだ。そして、美和子はフェラチオが上手かった。

高校生のときも、勉学にスポーツに向上心がある、努力を惜しまないタイプだったから、閨《ねや》の床のテクニックも習得したものだろう。

シックスナインでも、怯《ひる》まずにイチモツにしゃぶりついてくるし、唇と舌の使い方も達者だ。

宗則は負けじと、恥肉にしゃぶりついた。

尻たぶをつかんでひろげ、あらわになった膣《ちつ》粘膜を上下に舐めるうちに、

「んんんっ……」

美和子の顔振りが止まった。

感じてしまって動けないのだろう、美和子はただ頰張ったままで、じっとしている。

笹舟形《ささぶね》の女陰の今は下のほうにある、小さな突起に愛蜜と唾液を塗り付けた。舌を上下左右に使ってクリトリスを刺激しながら、肉びらの脇を指で撫でてやる。

すると、ビクンと腰が撥《は》ねた。

クリトリスも陰唇の外側も敏感な箇所である。美和子はその愛撫にきちんと応えてくれる。性的な感受性にも恵まれているのだろう。

二カ所攻めをつづけて、次に膣口の周囲を舐めながら、クリトリスを指で転がしてやる。

包皮ごと陰核を捏《こ》ねながら、膣口の入口を押し広げるようにして舌先を押し込んだ。

深いところは味覚が濃くなり、どこか生臭く、濃密になって、

「あああ、それ、ダメっ……あっ、あっ……許して、許してください……ぁあああ

ああああ……」

ついに、美和子は肉棹を吐き出して、舌をもっと深いところに欲しいとばかりに、尻を突き出してくる。

4

「美和子さん、乗ってきてくれないか？　騎乗位で、その……」

宗則は我慢できなくなって、訴える。

「……お義父さまが好きです。早坂先生を敬愛しています。でも、それをしてしまったら、わたし、崇史さんに合わせる顔がありません」

「だったら……指なら、指と口でしてくれないか？　それなら、二人が完全にセックスしたことにはならないだろう？」

訊《き》くと、美和子はこくんとうなずいた。

宗則は、目の前で花開いている雌花に舌を走らせる。尻たぶをひろげると、雌花も開いて、鮮紅色にぬめる内部がぬっと現れる。

潤みきって、滴《しずく》を垂らしている粘膜をなぞりつづけていると、美和子の気配が変わった。

「……ぁあああ、ダメなんです。もう……我慢できなくなる……」

「これで？　じゃあ、こうしたら、どうなる？」

宗則は中指を膣口にそっと押し当てた。

上下に動かして馴染ませ、蜜まみれの中指をかるく押す。すると、膣の扉が開いて、ぬるぬるっと嵌《は》まり込んでいって、

「ぁあああ……！」

美和子は身体の底から絞り出すような声を放って、大きくのけぞったまま、動きを止めた。

（ああ、狭い。なかがうごめいている。吸い込まれそうだ）

美和子はのけぞったまま動きを止めているのに、膣の内部だけがクイッ、クイッと中指を奥へと引っ張り込もうとする。

粘膜の食いしめに指を任せた。面白いのは、膣のうごめきとともに、尻の孔《あな》もクイッ、クイッと窄《すぼ》まることだ。

その痙攣《けいれん》的な締めつけがおさまり、宗則はゆっくりと抜き差しをはじめる。まっすぐに伸ばした中指の指腹を下に向けて、腹側の粘膜を擦りあげる。

すぐに、ぐちゅぐちゅと淫靡《いんび》な音とともに、とろっとした蜜がこぼれて、美和子の腰が微妙に揺れはじめた。

「気持ちいいかい？」

「はい……はい……気持ちいい。お義父さまの指、気持ちいい……お上手なんだわ。お義父さま、お上手なんだわ……ぁあああうぅ」

美和子は肉棹を快感をぶつけるように握りしごく。

「美和子さんのここも、すごく具合がいいよ。よく締まるし、からみついてくる。わかるんだよ。ここにアレを入れたら、すごく気持ちいいだろうなって」

「……言わないでください。そんなこと言われたら……」

「……しては、ダメかな？」

「……ダメ、です」

「じゃあ、その代わりに、その握っているものを、咥えてくれないか？」

宗則は言ってみた。すると、美和子はふたたび勃起に唇をかぶせる。なかでねっとりと舌をからませてくる。舌を振って、表面に刺激を与え、それから、チューッと吸い込みながら、短いストロークで顔を振りはじめた。

「ああ、たまらないよ……」

宗則はうねりあがる快美にうっとりしながらも、中指の抽送《ちゅうそう》をつづけた。

ねっとりとまとわりついてくる肉襞《にくひだ》を押し退《の》けるようにして、ピストンさせる。そうしながら、腹側の粘膜を擦ってやる。

浅瀬にはGスポットがあり、そこを指で押しながら、強めに擦ると、女性は快感が高まるはずだ。

宗則は時々、指でノックするように膣内を叩き、尺取り虫みたいに中指の関節を使って、スポットを引っかく。まっすぐに伸ばして、奥のポルチオも刺激してやる。

高校教師でも普通にセックスをする。当たり前だ。

妙な言い方だが、教師のようなお固い仕事についている者のなかでは、自分はセックスに興味があったほうだろう。セックスが好きだった。いや、女が好きなのかもしれない。

もちろん、宗則はロリコンとはまったくの無縁で、女子生徒には手を出したことはないのだが。

総じて、宗則は大人の女性を悦ばせることに、無上の喜びを覚える。それは棺桶が近くなった現在でも、変わらない。

宗則は膣を指で攪拌《かくはん》しながら、クリトリスを舐めた。

包皮ごと吸い、吐き出して、舌を旋回させる。今度は、さっきより強く吸いながら、指の抜き差しを繰り返す。

腹側の膣壁を押し込むようにして、擦ったとき、美和子が肉棹を吐き出し、唾液まみれのイチモツを握りながら言った。

「ぁあああ、お義父さま……もう、もう、ダメっ……」

「何が……何がダメなの？」

「……欲しいんです」

美和子が小声で呟く。

「聞こえない。もう一度！」

「欲しいんです。お義父さまのこれが欲しいんです」

美和子が肉茎をぎゅっと握った。

「でも、いいのか？　さっき、崇史に合わせる顔がないと……」

「……いいんです。もう、いいんです。欲しいの、お義父さまの、早坂先生のこれが欲しくてたまらない。狂ってしまう！」

美和子が勃起を激しくしごいた。

「うれしいよ。美和子さんがそう言ってくれて。崇史には内緒にしておくから。絶対に言わない。二人の秘密にしよう」

「はい、秘密にしてください……ぁああ、お義父さま、早く欲しいです」

美和子が腰をもどかしそうにくねらせた。

「……自分で上になれる？」

打診すると、美和子はうなずき、立ちあがって、スカートを脱いだ。

クリーム色のニットだけが上半身にぴったりと張りつき、くびれたウエストから下は一糸まとわぬ姿である。

美和子は身体の向きを変え、立っている状態から腰を落としてきた。セミロングの髪がふわっと胸のふくらみにかかっている。

美和子は下を向き、宗則の肉柱をそっとつかみ、翳りの底に導いた。

沼地にあてがって、静かに沈み込んでくる。

茜《あかね》色にてかつく亀頭部が、肉割れのとば口を押し広げていく抵抗感があって、それを突破すると、分身は熱く滾《たぎ》った内部に潜り込んでいって、

「はう……！」

美和子は上体をのけぞらせる。両膝をぺたんとついて、宗則の下半身をまたぎ、上体を斜め前に倒した姿勢で、がくん、がくんと震えている。

そして、美和子の膣はうごめきながら、宗則の分身を奥へ、奥へと呑み込もうとする。

（ああ、これが美和子さんのオマ×コか……具合が良すぎるぞ。おおぅ……締まってくる）

宗則は歓喜のなかで美和子を見た。

ニットを着た長男の嫁が、下半身丸出しで、宗則の下半身にまたがっている。しばらくじっとしていた美和子が、静かに動きだした。

上体をほぼ垂直に立てて、両膝をシーツにつき、ゆっくりと腰を前後に揺する。

自分で動くたびに快感が増すのだろう、必死にそれをこらえている様子だったが、徐々に腰振りが激しく、大きくなった。

波が打ち寄せてきて、退《ひ》いていくように腰をつかい、それが急激に速まり、

「あああ、恥ずかしい……止まらないの。腰が勝手に動くんです……助けて、お義父さま……助けて……はうぅぅぅ」

顔をのけぞらせながら、美和子は両膝を立てた。

そして、手を前と後ろに突いてバランスを取りながら、腰を上下につかいはじめる。

にわかには現実だとは思えない光景だった。

自分にまたがった教え子であり、長男の嫁が下半身丸出しで、腰を縦につかって、尻を打ち据えている。

「あんっ……あんっ……あんっ……」

髪を振り乱して、甲高《かんだか》く喘ぐ。ニットに包まれた乳房も縦に揺れている。

そして、M字開脚された足の中心で、宗則のいきりたちが美和子の体内におさまり、出てくる。その様子がまともに見える。

（おおおうぅぅ……！）

宗則は心のなかで吼《ほ》えていた。体の奥底から吼えたくなるような悦びがせりあがってくる。

「あん、あんっ、あんっ……ぁあああ、イキそう。きっと、しばらくしていなかったからだわ……ああ、お義父さま、わたしおかしい。もう、もう、イキそうです」

美和子が切実に訴えてくる。

「いいよ、イッてもいいよ。こうすると、イキやすいかな？」

尻が落ちてくる瞬間を見計らって、宗則は突きあげてやった。ぐいと屹立《きつりつ》が上昇して、さがってくる膣の奥と衝突して、

「うはぁ……！」

美和子が完全に天井を向いた。

「大丈夫かい？」

そう訊ねながら、つづけざまに腰を撥ねあげてやる。

「あ、あ、あああん……大丈夫じゃない。信じられない。お義父さま、崇史さんより強いです……あんっ、あんっ、あっ……」

美和子がM字開脚したまま、大きくのけぞった。

「イキそう？」

「はい……イキます」

「いいんだよ。イッて、いいんだよ」

宗則は息を詰めて、残っているエネルギーをすべてこの瞬間に燃焼させる。

美和子の左右の太腿を支え持ちながら、ぐいっ、ぐいっ、ぐいっと深いところに届かせたとき、

「あああ、イキます……イク、イク、イクぅ……あはっ……！」

美和子はもんどりうつように身体をがくがくさせて、どっと前に倒れてきた。

はぁはぁはぁと荒い息を吐きながら、微塵も動かない。

そんな教え子であり息子の嫁を、宗則は慈《いつく》しむように抱きしめた。

第二章　蜜月の夜

1

一カ月後、美和子は宗則の家のキッチンに立ち、鍋の用意をしていた。

「遅くなってしまうね。帰らなくて、大丈夫なのかい？」

宗則は事情をわかっていて、一応訊く。

「はい……大丈夫です」

「そうか……」

宗則はこくっと静かに唾《つば》を呑む。

長男の崇史がいつもの出張で、福岡のほうに行っているから、美和子がうちに来てくれたのだ。

崇史はだいたい三泊四日の出張が多いようで、今回もそうだと言う。

昨日、出張に出て、今日の午後に美和子が家に来てくれた。夕飯を作ってくれるというので、内心期待していたが、泊まっていってくれるということは、待望の……。

一カ月前に初めて身体を合わせてから、じつは美和子に風邪をうつしてしまい、帰って来た崇史に『父さんのせいで、美和子も風邪を引いたじゃないか。これからは、看病には行かせないから、自分で何とかしてくれよ』

と、冷たいことを言われた。

風邪をうつしてしまって、美和子には申し訳なかったと思っている。だが、美和子も宗則も、風邪よりも大切なものを得た。

二人の関係にまったく気づかない崇史が哀れと言えば哀れだが、自分が出張時に若い社員と不倫をしているのだから、こちらが哀れむ必要などない。

どっちもどっちというやつだ。

美和子はキッチンテーブルのコンロに大きな鍋を置いて、鶏出汁《とりだし》でぐつぐつ煮た、塩ちゃんこ鍋を作ってくれた。

キャベツやニラの野菜も甘みが出て美味しいが、鶏の挽き肉を丸めた鶏団子が、宗則は好きだった。

「美味しいよ。野菜も団子も……いい出汁が出ているし、美和子さんは本当に料理のセンスがある」

食べながら褒めると、

「そんな……鍋なんて、材料入れるだけですから、誰でも作れますよ」

美和子が謙遜《けんそん》する。

「いや、ただ入れるだけじゃないよ、鍋は。スープの取り方だってあるし、野菜を入れるタイミングだってあるし、この団子の練《ね》り方だって……鍋モノは誰だって作れる。しかし、これだって言うほどに美味しく作れる人はほんの一握りだっていうことだよ。美和子さんはその一握りのひとりだな」

「ありがとうございます。そこまで言っていただくと、うれしいです」

美和子が微笑《ほほえ》んだので、宗則は満足して、鶏団子を頬張る。鶏の挽き肉と調味料、スープが調和して、本当に美味しい。

鍋の湯けむりの向こうに、美和子の頬が紅潮した顔が見える。

こんなときに何を話したらいいのだろう。

崇史の話をすれば、深刻になってしまう。

では、何を話題に？

そうだ。こんなときは、趣味の話をすればいい。幸いに、二人ともテレビドラマのファンで、今シーズンのテレビドラマはだいたい見ている。

なかでも、今シーズンでもっとも面白いと言われている、男女が入れ代わるサスペンスものについて語りだすと、

「わたしも見ています。シナリオもいいですけど、キャスティングがすごいです。俳優陣の演技には見とれてしまいます」

美和子が乗ってきた。

一緒に食事をするときは、共通の話題を見つければいい。そうしたら、気まずくならないで済む。

美和子とは三十六歳差があるが、同じテレビドラマを語るのなら、さほどジェネレーションギャップは感じない。

同じ鍋を二人で囲み、共通の話題があれば、いっそう和《なご》む。

食べ終える頃には、二人はリラックスしていた。

ご馳走様をして、美和子がすぐに鍋や皿を洗いにかかる。少し休んでからでいいと思うのだが、するべきことをしてしまわないと、気が休まらないタイプなのだろう。

宗則はリビングのソファに座って、テレビを見る。

うちはオープンキッチンで、リビングからカウンター越しにキッチンが見える。

以前はここに妻が立っていた。今は美和子がいて、洗い物をしている。

髪を後ろでまとめて、アイボリーのハイネック式のゆったりしたセーターを着て、地味なスカートを穿いている。

妻の存命中にも美和子は妻と交互にキッチンに立っていた。そのときの妻の満足そうな顔は忘れない。

だが、今、その妻はいない。

洗い物を終えた美和子はバスルームに向かった。おそらく、お風呂の準備をしに行ったのだろう。

美和子はもう何度も来ていて、この家のことは我が家のように知っている。すぐに帰ってきて、リビングに来た。

宗則は昔から使っている肘掛けのある一人用のソファに座っている。そして、美和子は宗則を左手に見て直角をなすロングソファに腰をおろした。

肌色のパンティストッキングに包まれた美脚を斜めに流して、テーブルにあった女性誌を読みはじめる。

宗則はぼんやりとテレビを見ていたが、ふと思いついて、新聞を開き、適当に文字を追う。そうしながら、さりげなく美和子の足元を眺めていた。

するると、宗則の視線に気づいたのか、美和子が一度、ぎゅうと太腿をよじり合わせた。それから、足をあげて足を組む。

上になった爪先にはスリッパを履いていて、そのスリッパがゆっくりと円を描きはじめた。それが徐々に速くなり、それを見ている宗則には、まるで美和子の足裏で股間のイチモツを撫でられているような気がして、あそこがうずうずしてきた。

よく見ると、膝丈のスカートがずりあがって、太腿の横がかなり上までのぞいてしまっている。

宗則は自分の意志をはっきりと伝えるために、徐々に露骨に、美和子の下半身を見るようにした。

すると、宗則の意図が伝わったのだろう、美和子も大胆になった。

組んでいた足を解いて、スカートを静かに手でずりあげた。それから、ゆっくりと膝を開いていく。

途中までめくれあがったスカートからこぼれている太腿が徐々に開いていき、スカートで陰になった部分が少なくなり、もう少しで下着が見えそうだ。

美和子は雑誌を胸まであげて、開いて、読むふりをしている。そうしながら、足を確実にひろげているのだ。

我慢できなくなって、宗則は立ちあがった。

誘蛾灯に引き寄せられる蛾のように隣のソファに進み、下腹部に顔を伏した。スカートのなかに顔を突っ込んで、パンティストッキング越しに媚臭を吸い込む。

「ああ、こんなこと……ああん……」

美和子は最初はいやがっていたのに、最後には、甘く鼻を鳴らした。

下腹部から仄かに匂う甘い媚臭が宗則をかきたてる。

宗則はソファの上で美和子の足を開かせて、パンティストッキング越しに股間から太腿へと顔を移動させていく。

内腿にちゅっ、ちゅっとキスをして、さらにふくら脛のほうへとおろしていく。

足を持ちあげて、ふくら脛を舐めた。パンティストッキングの張りつく子持ちシシャモみたいな形をしたふくら脛に舌を走らせると、

「……ぁあんっ！」

美和子がびくんっとする。

宗則は足をなぞりあげていき、股間に指を張りつかせる。そのまま、柔肉を揉み込みながら、上体を持ちあげて、美和子の唇を奪った。

美和子は拒まない。自分から宗則を抱き寄せるようにして、キスを受け入れている。

宗則は美和子をそっとロングソファに倒した。仰向《あおむ》けにしておいて、スカートのなかに両手を入れ、パンティストッキングとパンティを抜き取っていく。

白いパンティの張りつくパンティストッキングを脱がして、あらわになった下半身に貪《むさぼ》りつく。

膝丈のボックススカートがまくれて、繊毛《せんもう》が逆立つ下半身が丸出しになっている。

膝をつかんでひろげ、翳りの底にしゃぶりついた。

鼻に繊毛を感じながら、下から肉びらの狭間を舐めあげると、

「ああああん……」

美和子は甘い鼻声を洩らして、顔をのけぞらせる。

驚いたのは、女の花芯がすでにそぼ濡れていたことだ。濡らしていることが自分でもわかるのだろう、

「あああ……恥ずかしい、お義父《とう》さま、恥ずかしい……はああうぅぅ」

美和子は手の甲を口に添えて、色っぽい声で喘ぐ。

この一カ月、宗則とのセックスを待ち望んでいたのだろう。

その間、崇史はあの不倫相手と出張に行っていたはずだ。美和子がここまで待った

のは、風邪をうつされたことを知った崇史に、しばらくは父のところに行くなと釘を刺されていたからだ。

美和子は崇史とセックスレスのようだから、その間、下半身の渇望は増していただろう。だから、女の花園をこんなに濡らしてしまっているのだ。

宗則はたっぷりと舐めてから、

「膝を持っていてくれないか？」

指示すると、美和子はおずおずと自分の膝を持った。M字開脚したままで、恥ずかしそうに顔をそむける。

宗則は自由になった手で、笹舟のような形の上方にある肉芽の包皮を引きあげた。くるっと包皮が剝《む》けて、珊瑚《さんご》色の本体が姿を現す。

光沢のある突起を舌でなぞりあげると、

「はぁあああぁぁぁ……！」

美和子は嬌声に近い声を放ち、それを恥じるように手の甲で口をふさぐ。

もっと感じてほしくて、つづけざまにクリトリスをいじると、

「あああ……ダメっ……そこ、弱いんです。あんまりされると、おかしくなる、おかしくなります……はうぅぅぅ」

美和子はソファの上でのけぞって、ソファのカバーをつかむ。

宗則は明らかに肥大化してきた陰核を、じかに舌でなぞり、弾《はじ》き、吸った。

チューッと吸い上げると、

「ぁああ、それ……はうぅんん！」

美和子はすっきりした眉を折って、顎をせりあげる。

吐き出すと、美和子はがくん、がくんと腰を震わせている。

猛烈に美和子とつながりたくなった。しかし、肝心のものが言うことをきかない。おそらく、お腹いっぱいになって、血液が消化のほうに注がれてしまい、おチンチンにまわる余裕がないのだろう。

こういうときは、指を使うしかない。

宗則は中指をそっと膣口に押し込んでいく。指腹を上に向かせる形で抜き差しをする。いっそう濡れた膣がぐちゅぐちゅと淫靡な音を立て、

「あっ……あんっ……」

美和子はか細く喘ぐ。

自分で膝を持ち、膣を指で攪拌されながら、艶《なまめ》かしく喘ぐ美和子。

こういう魅惑的な姿を見ると、美和子が長男の嫁であることが残念でならない。自

分の妻だったら、あるいは、愛人だったらと思う。

猛烈につながりたい。しかし、肝心のものが元気にならない。それがもどかしい。

宗則は中指を打ち込みながら、左手をざっくりしたセーターの下端からなかへと忍び込ませる。すると、美和子はなかにTシャツを着ていたが、ブラジャーはつけていなかった。

(どおりで、二つの乳首がやけに尖《とが》って見えた。ノーブラだったんだな)

宗則はTシャツ越しに乳房を荒々しく揉みしだき、頂上の突起をつまんだ。くりくりと捏ねると、

「ぁあぁ、いやいや……お義父さま、許して……」

美和子が許しを請う。

「ダメだよ。許さない……こんなに乳首をカチカチにして……どうして、ノーブラだったんだ？　言ってごらん」

「……」

「言わないなら、こうだよ」

乳首をぎゅっと押しつぶさんばかりにひねると、

「ああ……言います。ゴメンなさい。お義父さまに悦んでほしかったから……お義父

さまなら、上から胸を揉んでくださると……」

「そうか……ノーブラを発見できなかった俺がいけなかった。その代わり、今、たっぷりと……」

宗則は右手で膣肉をまさぐりながら、左手で乳房をじかに揉みしだいた。柔らかくてたわわな乳房が形を変えながら、指腹に吸いついてくる。

「気持ちいいんだね？」

「はい……気持ちいい。お義父さまには何をされても気持ちいいんです」

美和子がうれしいことを言う。

宗則はセーターとシャツをまくりあげて、じかに乳首にしゃぶりついた。硬くなった乳首を舐めしゃぶりながら、膣のなかをまさぐり、クリトリスを転がした。

「あぁああ、ダメっ……わたし、イッちゃう。恥ずかしい。もう、イッちゃう！」

美和子が膝を抱えたまま、宗則をぼうっと潤んだ瞳で見あげてきた。

「いいんだよ。イッていいんだよ」

宗則がつづけざまに中指を押し込んだとき、

「あああ、イキます……あっ！」

美和子は「あっ……あっ……」と声を洩らしながら、がくん、がくんと躍り上がった。

それから、自分の膝を離して、ソファにがっくりと横たわった。

2

ソファでの痴戯のあとで、二人はバスタブにつかっていた。

温まったところで、宗則が浴槽を出て、カランの前の洗い椅子に座ると、

「お義父さま、お背中を流しますね」

美和子が立ちあがった。

恥ずかしいのか、両手で胸のふくらみを隠してはいるものの、覆いきれないナマの乳房がこぼれてしまっている。

色白の肌はお湯でコーティングされて、ほんのりとピンクに染まっていた。下半身の中心には漆黒の翳りが濡れて、恥丘に張りついている。

「いや、いいよ。そこまでしてもらったら……」

「大丈夫ですよ。いつもよくしていただいている感謝の気持ちですから」

美和子は宗則の後ろにしゃがんで、洗い用スポンジに石鹸を泡立てた。

宗則の肩を丁寧に擦り、そのまま背中へとスポンジをおろしていく。腰までさげて、そこから擦りあげてくる。

その絶妙な力の入れ具合と、泡立っているソープのつるつるした感触が、心地よい。

「力の入れ具合はこれくらいで、大丈夫ですか？」

美和子が洗いながら、訊いてきた。

「いい感じだよ。すごく、気持ちいい。疲れが取れていくよ」

そう答えると、美和子はもう一度、スポンジに石鹸を塗りたくって泡立て、それを脇腹から下腹部へとすべり込ませてくる。

そして、下腹部でだらんとしているものをスポンジで擦ってきたので、それが反応してしまった。

「ああ、ゴメン。硬くなってきたね」

「よかった。さっきはアレだったたから……」

「食べてすぐだったから、血液が行き渡らなかったみたいだな。男は勃起させるのにすごくエネルギーを使うんだぞ。基本的に受け身の女性とは違うんだ」

「そうなんですね。でも、今は硬くなっていますよ」

美和子はうれしそうに宗則を見あげて、指だけで肉柱をしごいてきた。

石鹸の泡で白くなった指で、徐々に硬くなってきた肉棹を握りしめて、ゆっくりと擦る。そうしながら、背中に乳房を擦りつけてくる。

肉柱をソープでしごかれるだけでも気持ちいいのに、美和子のたわわな乳房を背中に感じる。背中の石鹸が乳房にも移って、ぬるり、ぬるりと乳房がすべっていく。

鏡を見ると、美和子の顔が映っていた。視線が合って、美和子は目をそらす。

だが、指の動きはますます活発になって、ぬるぬるした石鹸でいっそう漲ってきたイチモツをしごかれるうちに、ぐーんと快感が撥ねあがった。

美和子はさらに左手を奥まで突っ込んで、睾丸までマッサージをはじめた。そうしながら、右手を勃起にからませて、ゆったりとしごく。

同時に、温かくて柔らかな乳房を、背中に擦りつけてくる。

(美和子さん、こんなに大胆なこともするんだな)

前を見ると、水滴の付いた鏡のなかで、美和子はじっと宗則を見ていた。その強い視線に狩人のような冷徹な意志と燃え立つような強烈な欲望を感じ取って、ハッとした。

美和子は何かを狙って、自分を狩ろうとしているのではないか？　いや、そんな意図的なものはないだろう。美和子は崇史に不倫をされて、セックスレスだから、精神的にも肉体的にも寂しがっているのだ。

そして、教え子と教師という関係もあって、自分に好意を抱いてくれている。もしかしたら、美和子が崇史との結婚を決めたのは、崇史の父が自分だったからではないかと思うこともある。

「ゴメン。それ以上指でされると、つらい。大変だろうけど、口でしてくれないか？いやなら、無理しなくていいんだが」

宗則は思いを告げた。

美和子はうなずいて、シャワーを使い、宗則の肌から石鹸を洗い流した。それから、バスタブの縁に宗則を座らせる。

宗則のイチモツはさっきと違って、猛々《たけだけ》しくいきりたっていた。

その角度と、亀頭冠の張りやてかりを、誇らしく感じた。

男も歳をとれば、勃起する確率は低くなる。

それは、この歳で女性を妊娠させても、子供を養っていく時間がないから、神様が妊娠させられないように勃起をさせず、エレクトしてもなかなか射精までには至らないようにしているのだろう。

だが、宗則だって、まだまだ射精できる。この前は、美和子相手に射精には至らなる。


かった。だが、放とうとすればできるはずだ。

美和子はいきりたちをそっと握り、眩《まぶ》しいものでも見るように目を細めた。

それから、鋭角にそそりたっているものの頭部にやさしい、慈しむようなキスをする。

頭髪を濡れないようにお団子に結んでいる。したがって、後《おく》れ毛の悩ましいうなじをとてもセクシーに感じる。

窄めた唇を押しつけるようなキスを何度か繰り返して、裏すじの発着点にちろちろと舌を走らせる。三十歳の人妻なのだから、このくらいはできて当然なのかもしれない。だが、そこに崇史の影を発見して、嫉妬でちりちりと胸が焼けた。

美和子は裏すじを下から舐めあげてくる。

睾丸の付け根から、裏をツーッ、ツーッと何度もなめらかな舌でなぞりあげられると、ぞわぞわした快美が駆け上がってきて、分身がまた一段と硬くなった。

「ああ、すごいわ、お義父さま……どんどん大きくなってくる」

美和子が賛美の目で、見あげてくる。

「自分でも驚いてるんだ。きっと、美和子さんが相手だからだよ。これまでは、全然ダメだったから」

「うれしいです」

美和子が下から見あげてくる。お風呂に入っているのだから、一糸まとわぬ姿である。当たり前のことだ。だが、美和子の裸身は色が白くて、むちむちしているからだろうか、神々しいほどに色っぽい。

頭髪と陰毛の黒、そして、乳首の濃いピンクが、色白の裸身に浮かびあがっている。美和子は亀頭冠の出っ張りをちろちろと舐めた。

それから、上から唇をかぶせてきた。

ゆっくりと唇をすべらせて、じっくりと頬張ってくれる。右手では皺袋《しわぶくろ》をあやすように睾丸を撫でまわし、顔を打ち振る。

徐々に情感がこもってきて、ジュルルと吸い上げて、ちゅぽんと吐き出して、

「ああ、お義父さま、硬くて立派だわ」

うっとりと見あげてくる。その表情がフェラチオの悦びを表して、発情した女の悩ましさを伝えてくる。

美和子は女房としても、セックスの相手としても理想的な存在だ。こんないい女を放っておいて、不倫をする息子は馬鹿者だ。まだ、女の良さがわかっていない。美和子の価値がわかっていないのだ。

美和子がまた頰張ってきた。

今度は斜めに咥えたので、片方の頰を亀頭部が突いて、そこがふくらんでいる。まるで、リスの頰袋のように片方をふくらませて、美和子はゆっくりと顔を振る。

すると、亀頭部が頰の内側を擦って、ぐんと快感が高まる。

「美和子さんは本当に素晴らしい女性だ。崇史は馬鹿者だ。きみのようないい女を放っておいて……あんなやつのことは気にするな。美和子さんのほうから見限ってやれ。俺がきみの夫だと思ってくれていい。そうさせてくれ。いいね？」

思いを告げると、美和子は咥えながらうなずいた。

それから、違うほうに顔を傾けて、またハミガキフェラをする。

片方の頰が異様にふくらんで、せっかくの美貌が台無しになっている。それを承知で、してくれているのだ。

（たとえわたしが醜く見えても、かまいません。あなたが悦んでくれるなら……）

美和子のそんな献身的な気持ちが伝わってきて、宗則は男心をくすぐられる。

それから、美和子はまっすぐ向いて、しばらくストロークはせずに、舌をねっとりとからめてきた。下側をよく動く舌で擦り、やがて、チューッと強く吸う。

吸いながら、ゆっくりと唇をすべらせる。

そして、根元まで頬張ってくる。

バキューム＋ディープ・フェラで、徹底的にご奉仕してくれる。これだけの器量で、性格もいい。ここまで尽くさなくても、男は美和子を愛するはずだ。

ということは、これは計算とか意図的なものではなく、美和子が持って生まれたサガなのだろう。美和子にとってはこれがごく普通の愛情表現なのだ。高校生のときは見抜けなかった。

美和子はもっと頬張れるとばかりに、深々と咥えてきた。

陰毛に唇が接している。

相当きついはずだが、それでも美和子はもっとできるとばかりに、さらに陰毛に唇を押しつけてくる。

と、亀頭部が喉に触れたのだろう、グフッと噎《む》せた。

いったん吐き出して、また頬張ってきた。

今度はえずかないように根元を右手で握っている。そうして、勢いよくしごきながら、それに唇のストロークを合わせる。

浅く頬張って、唇をカリに引っかけるように短いストロークでつづけざまに往復されると、ジーンとした熱さに似た痺れがひろがってきた。

「ああ、気持ちいいよ。入れたくなった。いいかい？」

宗則が言うと、美和子はちゅるっと吐き出して、うなずいた。

3

季節は十二月で、風呂場とは言え、さすがに洗い場に長くいると、冷えてくる。

二人でバスタブに入り、いったん温まった。それから、美和子が湯船の縁につかまって、後ろに腰を突き出してくる。

宗則は湯船につかって、美和子の尻たぶの底で息づいている肉割れを舐める。

尻たぶをつかむと、肉びらも割れて、内部の鮮紅色がぬっとあらわになる。色づく粘膜に舌を這わせる、今は下にあるクリトリスを舐めしゃぶると、

「ぁあああ、気持ちいい……気持ちいいんです。へんになりそう……お義父さまにされると、どうしてこんなに気持ちいいの？　あんっ、あんっ……ああ、そこ……欲しいんです。先生のアレが欲しいんです」

美和子がくなっと腰をよじって、せがんでくる。

『先生』と呼ばれると、なぜか昂《たかぶ》ってしまう。宗則は立ちあがって、いきりたつもの

を尻たぶの底に押し当てた。

沼地をさぐりあてて、じっくりと進めていく。

窮屈なところを切っ先が突破していく確かな感触があって、あとは熱く滾るところに道を作っていく快感がうねりあがってきた。

「はうぅ……！」

美和子が背中を反らせて、顔を撥ねあげる。

（ああ、これだった……！）

宗則は三分の二ほど入れたところで、分身を粘膜で包み込まれる悦びに、くっと奥歯を食いしばった。

やはり、美和子のここは絶品だ。粘膜がまとわりついてきて、生き物のようにうごめく感じだ。

自分の家のバスルームで息子の嫁とまぐわっている、その尋常ではない行為が宗則を高まらせる。

美和子は湯船の縁につかまって、尻を突き出し、後ろから立ちバックで貫かれている。

徐々に打ち込みを強くしていくと、

「あんっ……あんっ……ぁあああ、お義父さま、すごい、すごい……はうぅぅ」

下を向いた乳房を波打たせて、美和子が心から感じている声を放つ。

「美和子さん、ありがとう。あなたとできるなんて、夢のようだよ。好きだよ、美和子さん。心から好きだ」

宗則も心情を明かす。

「ああ、お義父さま……わたしも……ください。もっと、ください！」

美和子は尻を大きく突き出して、足を少し曲げ、

「あんっ、あんっ、あんっ……ああ、入っているのよ。先生のおチンチンがここにいるのよ」

そう言って、美和子は下腹部を手で押さえる。

宗則はその手をつかんで、後ろに引き寄せた。そして、引っ張りながら、イチモツをめり込ませていく。

深いところに切っ先が入り込んでいくのがわかる。

そして、美和子は感極まったような声で、喘ぎ声を放ち、がくん、がくんと痙攣する。

「ゴメンなさい。もう、立っていられない」

美和子が弱々しく訴えてきた。

「わかった。このまま、お湯につかろうか？」

「はい……」

宗則は結合が外れないように気をつけながら、美和子と息を合わせて、腰をおろす。

美和子も尻を突き出すようにして、湯船に座り、背中を凭《もた》せかけてくる。

宗則は胡座《あぐら》をかいており、その上に後ろ向きに美和子が座っている。そして、宗則の勃起は美和子の膣におさまっている。

宗則は後ろから手をまわして、乳房をつかんだ。

温かい柔肉が手のひらでは包みきれずに、たわわな肉がはみ出している。

後ろからぎゅっと抱きしめながら、乳房を揉んだ。

「ずっと、こうしていたいよ」

後ろから耳元で囁《ささや》くと、

「わたしもです……ずっとこうしていたいです」

美和子が背中を凭せかけてくる。これで、イチモツが膣におさまっていることが不思議だ。

後ろから胸のふくらみを揉みしだき、中心の突起をつまんで、くりっ、くりっと転がした。

「うんっ……あっ……あっ……」

敏感な乳首を捏ねられて、美和子が声を洩らす。

つづけていると、美和子は腰を前後に振りはじめた。くいっ、くいっと尻を振っては、

「あんっ……あんっ……ぁああ、気持ちいいですぅ」

美和子が悩ましい声をあげる。腰が振られるたびに、お湯の表面がチャプチャプと波打ち、白い湯けむりも揺れる。

「ああ、美和子さん……好きだよ」

後ろからハグして、首すじにキスをすると、

「わたしもです……あっ……あっ……」

美和子が後ろ向きで、宗則の首に手をまわし、のけぞるようにして腰をつかう。

宗則は正面からの体位を味わいたくなった。

いったん結合を外して、美和子が向きを変える。向かい合う形で美和子はゆっくりとしゃがみ、手をお湯に入れて、いきりたっている肉柱をつかんだ。

先端を擦りつけて、慎重に沈み込んできた。

猛りたつものが、美和子の体内に潜り込んでいって、

「ぁあああ、気持ちいい……」

美和子がのけぞった。

それから、キスをしてきた。美和子は対面座位で宗則の唇を奪い、舌を差し込んできた。そうしながら、腰を揺する。

やがて、キスできなくなったのか、顔をあげて、

「ぁああ、ああ……気持ちいいんです」

ぎゅっとしがみついてくる。

お湯をしたたらせる乳房が目の前で舐めてほしそうに、乳首を尖らせていた。

宗則は赤く色づいた乳首にしゃぶりついた。

舌でれろれろして、吸い上げるうちに、乳首は肥大化してカチンカチンになった。

存在感を増した乳首を舐めしゃぶり、もう片方の乳房を揉みしだく。

すると、美和子は両手を宗則の肩に置き、上体をのけぞるようにして、大きく腰を振って、

「ぁあああ、止まらない。腰が勝手に動く……お義父さま、恥ずかしい、わたし、恥ずかしい」

美和子はそう言いながらも、尻を擦りつけてくる。

その激しい腰づかいが、宗則を一気に昂らせる。

「あぁあ、ゴメンなさい。また、またイキます……お義父さま、いつもわたしだけイッて、ゴメンなさい。」

「いいよ。イッていいよ。いいんだよ」

宗則が乳房を揉みながら煽《あお》ると、美和子は腰をぐいぐい振りたくって、

「あぁあ、イキます……イク、イク、イッちゃう……！　はうぅぅ！」

最後はのけぞって肩にしがみつき、がくん、がくんと躍りあがった。


三十分後、宗則は寝室で、美和子を愛撫していた。

一糸まとわぬ裸身をじっくり愛撫しているとき、美和子のスマホが着信音を響かせた。

「ゴメンなさい。崇史さんからだと思うので、出ますね」

美和子は浴衣《ゆかた》をはおって、後ろ向きでスマホに出る。

「えっ、どこにいるかって？　い、家にいますよ」

美和子は居場所を誤魔化しているようだ。

「えっ……家電《いえでん》にかけても出なかった……？　それはきっと、わたしがお風呂に入っていたからだと思います。えっ、この寸前にかけた？　おかしいですね。でも、もう、いいじゃないですか。今、こうしてスマホに出ているわけですから」

美和子が必死に対応している。どうやら、家の電話にかけたのに、美和子が電話に出なかったので、崇史が訝《いぶか》っているようだ。

今、美和子は義父の家にいるのだから、家の電話に出られるはずがない。

しかし、なぜ崇史はわざわざ家の電話にかけたのだろうか？　もしかしたら、美和子を疑っている？

宗則は心配になって、耳を澄ました。

「いったん切って、また家電にかけるんですか？　いいですよ、そんな面倒なことはしなくても……それより用はなんですか？　それを聞かせてください」

美和子は上手く振る舞っている。

今、家電に電話をかけられても、美和子は出られない。美和子は必死なのだろうが、さすがの対応である。

「……えっ、用はない？　わたしの声を聞きたくて、電話をなさったんですか？　いえ、いいですよ。もちろん……はい。……はい。どうして、そんなことをなさるんですか？　わたしを信用していないんですか？　わたしがこんな深夜にどこに行っていると？　とにかく、家電にかけられても、出られないことは多いです。スマホにかけてください……はい。……はい。もちろん、出られるときは出ます。それでは、あなたも出張、頑張ってください。お帰りは明日の夜でしたね？　はい……お休みなさい」

美和子がスマホを置いて、フーッと長い溜め息をついた。

「崇史は、美和子さんを疑っているのか？」

「そうみたいです……さっき、うちの家電に電話をしたけど、出なかった。家にいなかったんだろう？　今、どこにいるんだ？　と、訊かれました。誤魔化しておきましたが、崇史さん、また今頃、家電に電話をかけているかもしれません。誰も出ずに、留守電になるので、不信感を募らせると思います」

そう言って、肩を落とす美和子を、宗則は後ろから抱きしめた。

「崇史はどうしてそんなに、あなたを疑っているんだ？」

「お義父さまの看病をして、風邪を引いたときからです。主人は、看病してやれとは言ったけど、風邪をうつされるほどに接近しろとは言わなかった。前から、お前は父にやさしかった。母が死んでから、とくに父の元に頻繁に通うようになった。父のお前を見る目も怪しい。俺の出張の間、父のところには行くなと……」

美和子が事情を話す。

（そうか……そこまで、崇史は俺たちのことを疑っていたのか……それを押し切って、美和子さんは今日、来てくれたんだな）

宗則は少し考えて、言った。

「それなら、美和子さんは早いうちに帰宅しておいたほうがいいんじゃないか？　今から帰るか？　一台では心配だから、俺が車でついていくよ。そして、美和子さんが無事に帰宅したのを確認して、家に戻る。それで、どうだ？」

「でも、わたしはまだ……」

美和子が身体の向きを変えて、宗則を見あげてくる。

浴衣から、白々とした乳房や股間の翳りが剥き出しになっていて、肉感的な肢体をいっそう艶かしく見せている。

（抱きたい。この身体を思う存分抱きたい……！）

しかし、崇史に見張られているようで、憚《はばか》られる。

「本当はあなたを抱きたい。しかし、今はしないほうがいいような気がする。今日は帰りなさい。俺も車でついていくから」

再度提案すると、美和子は小さくうなずいた。

「崇史の疑いを取り除いてからしよう……いいね？」

肩を引き寄せて言うと、

「はい……でも、もう少しだけ……」

美和子は唇を合わせて、舌をからめながら、下腹部のイチモツをまさぐってくる。たちまち反応してエレクトする肉柱を、美和子は名残惜しそうに触り、しごく。

(ダメだ。このままでは……！)

宗則は心を鬼にして、立ちあがった。美和子に帰宅の準備をするように言うと、美和子はしぶしぶ部屋に戻り、洋服に着替えてきた。

バッグを持って、家を出て、自分の車に乗り込んだ。それを見て、宗則も隣の車に乗る。

家を出て、美和子の車の後をついていく。

十五分ほどで、崇史の家が見えてきた。その建売住宅は、四軒の同じ建築会社の作った住宅の並ぶ一角にあった。同じような造りだが、壁の色が違う。

美和子が車を駐車場に停めて、外に出てきた。寒そうにコートの襟《えり》を窄め、宗則の車に向けて一礼した。

それから、電気の点《つ》いていない二階建ての住宅の玄関のドアを鍵《かぎ》で開けて、なかに入っていく。

（ああ、今夜はずっと美和子さんといたかった。それを、崇史が……！）

崇史の嫉妬心の強さや、疑い深さが、今は憎い。

一階のリビングに明かりが点くのを見届けて、宗則は長男の家から離れた。

第三章　姫はじめを目撃されて

1

一月三日、正月の真っ只中に、長男夫婦と次男夫婦が、実家に集まっていた。三日に実家に来て、年始の顔合わせをし、一晩泊まり、翌日にそれぞれの家に帰るのが、早坂家の習わしとなっている。

今日も長男の崇史と妻の美和子が最初にやってきて、少ししてから、次男の勇樹と莉乃がやってきた。

崇史は、宗則と美和子との関係を怪しんでいたので、実際に顔を合わせると、どういう態度を取るのか心配だった。だが、あれから美和子は崇史の出張時もうちには来ておらず、家をあけていないので、崇史の疑惑はそこで止まっているようだ。

しかし、警戒をいまだに解いていないのは、崇史が時折見せる、自分へのよそよそしい態度で推測できる。

「明けましておめでとうございます。本年もよろしくお願いします」とそれぞれが型通りの新年の挨拶をして、五人はいつも行く近所の神社に、徒歩で初詣《はつもうで》に向かった。

美和子はワンピースにカシミアのコートを、莉乃はハイネックのニットにミニスカートを穿き、フェイクファーのコートをはおっていた。

義理の姉妹のファッションや性格の相違には、いつも驚かされる。

今回も美和子は落ちついた品格のあるものを着ているのに、莉乃はミニスカートに紺色のタイツを穿いていて、フェイクファーのコートもミニ丈なので、足が太腿近くまで見えてしまっている。

これが未婚の若い女性ならわかるが、莉乃は二十五歳で、勇樹と結婚している人妻なのだ。それなのに、この格好はどうなのだろう？

もっとも、美和子が長身ですらりとしていて静謐《せいひつ》な雰囲気を持ち、莉乃が小柄でかわいいタイプなので、姉妹としてはバランスが取れているのかもしれないのだが……。

鳥居の前で、長男夫婦は立ち止まり、一礼してから、参道の脇を歩いて参拝所に向かっていく。ところが、次男夫婦は鳥居の前で一礼もせず、本来は神様が通るべき参道の真ん中を堂々と歩いていく。

最初の年には注意をしたのだが、結局聞かないので、今はもう注意はしない。成人して働きだしたら、子供も自立したとみなす。あとは、それぞれの人生をそれぞれが勝手に進んでいけばいい。だが、困ったときには、手を貸してやる。

今、手を貸したいのは美和子だが、崇史の警戒心が強くてそれも上手くはいっていない。

しかし、客観的に見たら、たとえどんな理由があろうとも、義父が長男の嫁に手を出すなど絶対にあってはならない。かつての教え子に教員を辞めた者が手を出すことは、あっても不思議ではない。しかし、義父と息子の嫁はマズい。非難されるのは、宗則であり、美和子ということになる。

そんなことはわかっている。しかし、宗則は一度ならず二度までも、美和子を抱いてしまっている。肉体の具合の良さを知っているし、閨の床では普段の淑《しと》やかな態度からは想像できない奔放さを見せることも知っている。

長男の視線を感じながらも、どこかで美和子を自分の女として見てしまっている。

五人は神前に進み、お賽銭《さいせん》を入れて、鈴を鳴らした。それから、二礼二拍手一礼で願い事をする。

願い事は二つある。ひとつは自分の健康ともうひとつは美和子が幸せになること。

その後、五人は御神籤《おみくじ》を引いた。

宗則は小吉で、美和子は吉、崇史と勇樹が中吉で、最後に引いた莉乃は、何と凶であった。

正月の御神籤で凶を引いたことはないし、引いた者を見たこともない。

一瞬、莉乃は呆然とした顔になったが、すぐに、

「貴重じゃない、これって……初詣の御神籤で凶なんて、これって、きっと吉兆よね。何か途轍《とてつ》もないことが起こりそう。ラッキーよね、勇樹、そう思わない？」

しぶといところを見せて、

「そうだな。そう思うよ。初詣で凶なんて、なかなかないよ。何か、超ラッキーなことがあるかもな」

勇樹がそれに賛同する。

それでも、内心は忸怩《じくじ》たるものがあったのだろう。『利き腕とは反対の手で御神籤を枝に結べば、凶が吉に転じる』という説を教えると、莉乃は左手で一生懸命に御神籤を結んでいた。

崇史はその姿を冷笑して眺めている。右手では、美和子のコートの肩をしっかりと

抱き寄せていた。その右手が、妻はあんたには渡さない。手を出すな、と宗則に告げているようにも思える。

そして、美和子は時々、ちらっ、ちらっと宗則に視線を送ってくる。宗則は見て見ぬふりをして、美和子の視線を受け流す。そうするしかなかった。

その後、帰宅した五人は解散して、各々が部屋に戻り、夕食までの時間を過ごした。

宗則が一階にある自室の和室で、炬燵《こたつ》に入ってひとり寛《くつろ》いでいると、静かに扉が開いた。美和子が口の前に人差し指を立てて、静かに入ってくるところだった。

目が合った。

すると、美和子は座椅子に座っている宗則に耳打ちした。

「今夜、来られたら、来ますね」

「えっ……？」

「来られるようなら、来ます」

そう言って、美和子はキスをする。

宗則の唇に唇を重ね、舌をからめてきた。同時に右手で股間をまさぐってくる。

宗則は正月用の着物を着ていた。前身頃のなかに指がすべり込んできて、しなやかな指が炬燵布団のなかでズボン下の股間をなぞってくる。

すると、イチモツがあっと言う間に力を漲らせる。

「よかったわ。お元気で……必ず来ます。待っていてくださいね」

美和子はキスをやめてそう言うと、静かに部屋を出て行く。

見つかるといけないので、長居はできないのだろう。

宗則は呆然として、その後ろ姿が消えていくのを見守った。


夕食前には、宗則があらかじめ購入しておいたお節《せち》を肴《さかな》に家族で日本酒を呑んだ。

その間も、宗則の脳裏には、美和子の『今夜、来ますね』という言葉が焼きついていて、離れない。

ちらちらと美和子をうかがうものの、美和子は何事もなかったかのように会話を交わし、時々笑顔も見せる。

それにしても、そんな大胆なことを美和子が思いつくとは……。あらためて、女という生き物の図太さを思い知らされる。

長男の嫁と義父の密約を知る由《よし》もない他の家族は、普段とは変わらない調子で酒を呑み、談笑する。

五人とも酒を呑めるが、とくに強いのが宗則と莉乃で、莉乃はどれだけ強い酒を呑んでも、酔いつぶれたことがない。

お調子者で言動のかるい勇樹はコンピューターに強く、SEをしている。システムエンジニアは傍目《はため》からはわからないが、なかなかのハードワークらしく、勇樹も一度勤め先を辞めていて、今のところは二社目である。

前のところより仕事が楽だから、つづけられているのだと言う。だがその分、収入は少なく、共働きがつづいている。

莉乃は近くの不動産会社に勤めていて、二十五歳とは言え、人当たりがいいので仕事はできるらしい。

収入は勇樹のほうが少しいいくらいで、莉乃もそれなりに稼ぐと言う。

勇樹ももう三十路を迎えているのだから、それなりの実績をあげて、責任のある仕事を任されてもいい頃だ。だが、どうも勇樹はプレッシャーやストレスが耐えられないらしく、昔からお気楽な道を進んできている。

自由奔放な莉乃に対しても、強く意見したり、たしなめたりしているところを見たことがない。

経済観念だけは莉乃のほうが持っていて、お金を貯めて頭金にして、マンションか建売住宅を購入したいらしい。が、勇樹は後々夫婦でこの家に来ればいいと考えてい

るようで、どうも金銭的な貪欲さに欠ける。今も莉乃に、

「ちょっと、勇ちゃん。海老《えび》ばかり食べないでよ。この人数なんだから、海老はひとり一尾でしょ？　皆さんだって、心の中ではそう思ってるわよ。ほんと、いつも自分のことばかりなんだから」

そう問い詰められて、

「悪かったよ……お節、あんまり好きじゃなくて、食えるものが限られてるんだよ」

勇樹が口を尖らせて、弁解する。

「そういうとこ！　そういうとこが、勇ちゃんの出世を阻んでるんじゃないの」

「俺、出世したいと思ってないからさ」

二人が言い合いじみてきて、

「莉乃さん、大丈夫。うちらは気にしていないから。勇樹の個人主義にはもう慣れているから……莉乃さんもどんどん好きなもの取ってくださいよ」

崇史がそう気を使う。

長男だからか、昔から諍《いさか》いをおさめることに慣れているのだ。そのへんが、崇史の長所だろう。

「そうですよ。莉乃さんも残りの海老を食べてくださいな。取りますね」

美和子が長男の嫁らしいところを見せて、莉乃の皿に海老を取って、莉乃の前に置こうとする。

「あっ、いえ……わたしはいいんです。それより、お義姉《ねえ》さまこそ、どうぞ」

莉乃が押し戻そうとして、家長の出番が来た。

「莉乃さん、受け取りなさい。せっかくお義姉さんがこう言ってくれているんだから、甘えさせてもらいなさい」

宗則は家長としての役割を果たす。

「お義父《とう》さまがそうおっしゃるなら……」

莉乃は殊勝に言って、海老の載った取り皿を受け取り、海老を静かに食べはじめる。

最初は『お義父さん』と呼んでいたが、最近は義姉の影響を受けて、『お義父さま』と呼ぶようになった。

最後に美和子が準備した寄せ鍋を囲んで、食べ終えたのがすでに午後九時近くになった。

それから、それぞれがお風呂に入る。早坂家ではまずは、男から風呂に入ることが決まっていて、今もそれは守られている。

家長の宗則が初風呂につかり、男が済んで、最後の莉乃が風呂からあがったときは、もう十二時近かった。

2

宗則は布団に横たわって、美和子を待っていた。美和子の『夜這い』が待ち遠しくてしょうがない。

しかし、美和子は慎重だから、莉乃が風呂から出て、就寝するまで無理はしないはずだ。

崇史は酒を呑むと、寝つくのが早い。それに、一度眠ってしまえば起きないから、すでに寝息を立てていることだろう。

莉乃が二階にあがって、だいぶ時間が経過した。

次男夫婦はもう姫はじめをしたのだろうか？　昨晩のうちに済ませてしまっているような気がする。だとしたら、今夜は実家であるし、大人しく寝つく可能性が高い。

(早く来てくれ……！)

宗則は準備万端で、美和子を待った。

二階に一階の物音は響かないように、しっかりと防音施工をした家だから、たとえ下でセックスしても、よほどのことがない限り、音は聞こえないだろう。隣室との境には壁がある。しかし、上の方は欄間《らんま》になっているから、隣室に音は聞こえるだろう。だが、隣室は物置に使っているから、人が来ることはない。

階段を降りる足音はいっこうに聞こえてこない。

（やはり、無理か……無理なら無理で仕方がない。この家で、二人の情事を誰かに見つかったら、終わりだ。無理しなくていい……）

諦めかけたときに、階段を降りてくる静かな足音が聞こえた。

その足音が近づき、和室の前で止まって、扉が開く。

仰臥したまま見ると、幾何学模様の浴衣に丹前《たんぜん》をはおった美和子の姿が、淡い枕明かりに浮かびあがっていた。美和子は微笑みながら近づいてくる。

部屋は暖房をたっぷりときかせてあるから、寒くは感じないはずだ。

宗則が掛け布団を持ちあげると、丹前を脱いで浴衣姿になった美和子が、身体をすべり込ませてくる。

布団をかけて、小声で確かめた。

「崇史は大丈夫だったか？」

「はい……」

「そうか……大変だったな」

「いいえ。わたし、意外とこういうこと好きなんですよ」

「そうは見えないが……」

「それは、お義父さまがまだわたしをわかっていないからです」

美和子が抱きついてきた。

（そうか、俺は美和子さんをまだ理解できていないのか……十三年経っても、女はわからん）

思いを馳せる間にも、美和子がキスをせまってきた。

唇を合わせると、美和子は貪るように舌をからめてくる。

正直、二階に崇史がいる状態での密会に、肝《きも》を冷やしていた。だが、その情熱的なディープキスに理性が蕩けていく。

宗則は上になり、美和子の髪をかきあげて額にキスをする。キスをおろしていき、唇を重ねる。ついばむようなキスが徐々に激しいものになり、二人は舌をからめる。

二階には、美和子の夫や弟夫婦が眠っている。そして同じ屋根の下で、宗則は息子の嫁とディープキスをして、足をからめている。

長いキスを終える頃には、お互いの息づかいが乱れ、宗則のイチモツは力を漲らせていた。
宗則が自分の浴衣の半幅帯を解くと、美和子も同じように帯を解き、抜き取ってい
く。浴衣がゆるんで、仄白い乳房がのぞいた。
たわわで形のいいふくらみの頂上は、まだ触ってもいないのに、すでにせりだして
いる。濃いピンクの乳首が硬貨大の乳輪から二段式にせりだしていて、その尖りが美
和子の状態を表しているように見える。
「寒くないか？」
「はい……」
美和子がうなずく。だが心配で、エアコン以外にも使用している石油ストーブの火
力を強くすると、赤い炎が反射板に反射して、美和子の白い乳房の側面を赤く染める。
「温かいだろ？」
「はい……乳房が温かいです」
美和子が言い、宗則はその乳房に顔を埋めた。
仄白いふくらみは上側の直線的な斜面を下側の充実したふくらみが支えていて、乳
首が少し上についている。しかも、今、しこり勃《た》っている乳首自体もやや上を向いて
いて、その胸の形が宗則は好きだった。

首すじから肩にかけてキスをおろし、さらにふくらんでいく曲線に舌を這わせる。ふくらみを下から舐めあげていき、濃いピンクに色づく突起に触れたとき、

「あんっ……！」

美和子は声をあげ、自分でも予想外の大きな声だったのだろう、あわてて口を手のひらでふさぐ。

「ゴメンなさい」

「大丈夫。今くらいじゃ、聞こえない」

宗則も声を潜めて言う。

「でも、心配なら、これを結んで口に当てれば、声は出ない」

宗則はあらかじめ用意しておいた紫色の日本手拭いを出し、それを幅が狭くなるように畳んで、ちょうど真ん中を結んでひとつこぶを作る。

「これを咥えれば、声は出ない。だけど、苦しくはある。どうする？」

「やります。そのほうが安心できます」

美和子はそう答えて、手拭いを受け取り、結ばれた部分を口に入れて、手拭いを後ろにまわした。宗則が加減を聞きながら、手拭いを真後ろでぎゅっと結ぶ。

「このくらいで、いいね？」

確かめると、美和子はこくんとうなずいた。

浴衣も脱がせて、幾何学模様の浴衣をシーツ代わりに敷いた。その上に、美和子を寝かせる。

紫色の日本手拭いの猿ぐつわを噛まされて、手拭いが横一文字に走っている。身体につけているのはそれだけだ。

美和子は乳房と股間を手で隠して、恥ずかしそうに横を向いている。片方の膝が曲げられて、少し内側に曲げられていた。

ウエーブした髪が枕に扇のように散り、その中心の美貌はいつもより色っぽい。

強にセットされた石油ストーブの赤い炎が反射鏡で跳ねかえり、色白な肌を側面から妖《あや》しく照らしだしていた。

(美和子さんの、こんなに妖艶《ようえん》な姿ははじめてだ……!)

宗則は浴衣をはおったまま、その煽情《せんじよう》的な乳房の先にしゃぶりつく。あんむと頬張って、乳首を舐めあげると、

「んふっ……!」

美和子が顎をせりあげる。

本来なら喘ぐところだが、手拭いの結び目を噛まされているので、くぐもった声の

発露にしかならない。

顎をせりあげて、呻《うめ》くその姿をこの上なくエロいと感じる。

宗則は乳首を舌で上下左右に転がしながら、もう片方の乳房も揉みしだく。

充溢してカチカチになった乳首をときには吸い、舐め転がすと、

「んんんっ……あおうぅぅぅ！」

美和子は両手を頭上にあげて、顔をのけぞらせる。

猿ぐつわをされて、左右の腋窩《えきか》をあらわにして顎をせりあげる美和子。そのツルッとした腋の下が、宗則の劣情をかきたてる。

宗則は乳首から舐めあげていき、向かって右側の腋の下に顔を埋めた。仄かに甘酸っぱく香る腋窩にちゅっ、ちゅっとキスをする。

それから、腋の下を舐める。左手を頭上にあげさせたまま、わずかなしょっぱさを感じつつ、腋窩に舌を這わせていると、

「んんんっ……んんんんっ……！」

美和子はくすぐったいのか、右に左に身体をよじり、顔を振る。

執拗《しつよう》に舌を這わせるうちに、美和子の反応が変わってきた。

甘く鼻を鳴らし、横一文字に走っている手拭いの瘤《こぶ》を噛む。仄白い喉元をさらして、

明らかに感じている表情をあらわにする。

和風美人なだけに、そのすっきりした眉を八の字に折って、懊悩《おうのう》するように性感を昂らせるそのさまが日本画のように艶かしい。

宗則は腋の下から二の腕を舐めあげていく。

贅肉のついた柔らかな二の腕の内側に舌を這わせる。そのまま肘から、手先へと舐めあげてやる。

「んんんっ……んんんんっ……あおぉぉ……」

それが感じるのか、美和子は大きくのけぞって、がくん、がくんと震えた。

宗則はしなやかで、細くて長い指を舐め、頬張る。かるく吸って、吐き出し、舐める。ふと欲望に駆られて、宗則は下腹部のイチモツを近づけた。

すると、美和子は何を求められているのか理解したのだろう、唾液の付いた指を肉茎にからませて、ゆったりとしごく。

それがすぐに力を漲らせると、美和子は微笑んだ。

「気持ちいいよ。あなたの指はしなやかで、本当に素晴らしい」

宗則は囁くように言う。

美和子ははにかむような顔をして、片手でつかんだ屹立を徐々に激しくしごきだす。

余った包皮で亀頭冠を擦られて、ぐっと快感が高まった。

美和子は猿ぐつわをされて、口を横一文字に割られた顔で、宗則を見あげながら、一生懸命に勃起を手でしごく。

宗則は先を急ぎたくなった。

「ありがとう。気持ち良かったよ……」

体を移動させて、美和子の足の間にしゃがんだ。両膝をすくいあげて、開かせながら、押さえつける。

「んんんっ……！」

美和子が羞恥で顔をそむけた。

だが、いくら顔をよじっても、恥部が隠れるわけではない。

むっちりとした太腿の奥に、濃い陰毛が繁茂していて、そのつやつやの繊毛が流れ込むところに、女の恥肉が息づいていた。

ふっくらとした肉厚の陰唇が左右にひろがって、内部の赤い粘膜をあらわにしていた。しかも、すでに内部はおろか外側までもが粘液で潤みきっていて、妖しいまでにてかっている。

（こんなに濡らして……！）

宗則は美和子に両手で膝を持つように指示して、陰部にそっと顔を寄せる。

左右の肉びらを指でひろげておいて、剝き出しになった粘膜を舐めた。じっくりと舌を這わせると、

「んんんっ……ぁあおぅぅぅ……！」

美和子はいっぱいに顎をせりあげて、がくん、がくんと揺れる。

遮二無二《しゃにむに》舐めた。

肉びらの狭間を執拗に舐め、つづいて、陰唇の外側にも舌を走らせる。ここは副交感神経が無数に走っていて、性感帯のひとつだと聞いたことがある。

つるっとしたそこを何度も舐めあげると、そのたびに、美和子はびくっとして、くぐもった声を洩らす。

そこから、陰核本体へと移った。レインコートのフードのような格好をした包皮を指で剝いて、こぼれでてきた神秘的な色をした肉真珠にフーッと息を吹きかけた。

「んんっ……！」

美和子は顔を大きくのけぞらせて、ぶるぶると太腿を痙攣させる。

もう二度ばかり息を吹きかけて、舐める。

剝き身の本体にじかに舌を走らせる。上下になぞり、左右に弾くと、

「んんんっ……！」

美和子は顔をのけぞらせながら、足をピーンと伸ばす。

宗則はここぞとばかり追い討ちをかけた。

ますます充血した突起を小刻みに吸うと、美和子は敏感に反応して、断続的な声を洩らす。だが、口枷《くちかせ》で封じられているので、くぐもった声にしかならない。

喘ぎ声を押しとどめられることが、性感の昂りにつながるのか、美和子は大きく顎をせりあげ、ブリッジするようにして、ぶるぶる震えている。

いつの間にか、膝から手を放して、その手指でシーツの上の浴衣をつかんでいた。足は左右に完全に開いたままで、カエルが両足をくの字に開いたような格好がより卑猥に映る。

そして、ふっくらとした土手高の丘を覆う漆黒の翳りをかき分けるようにして、宗則は舌をつかう。

クリトリスを舌で転がし、吸い、また舐める。それを繰り返しながら、太腿や腰を手でなぞる。

「んんんっ……うんんんんっ……」

美和子は絶えず呻きを洩らして、身体をよじったり、のけぞったりしている。足の親指が反りかえり、逆に、内側に曲げられる。

クリトリスを執拗に攻めながら、指をつかって、膣口をなぞった。

明らかにそこだけ粘膜の質が違う膣口を丸く擦り、指先を少しだけ押し込む。そうしておいて、ぐるりと円を描く。

すると、美和子はもうどうしていいのかわからないといった様子で、下腹部を前後に揺すり、何かをせがんでくる。

「どうした？　入れてほしい？」

訊くと、美和子はこくこくとうなずいた。

本当ならフェラチオさせてから、挿入したかった。だが、今は猿ぐつわをさせているから、口は使えない。

それに、おしゃぶりしてもらわなくとも、宗則のイチモツは充分いきりたっている。

宗則は上体を立てて、両膝をすくいあげた。

ギンとしたものを、しどけなくひろがった膣口へと押し込んでいく。そそりたつものがとば口を押し広げて、嵌まり込んでいき、

「んっ……！」

美和子は大きく顔をのけぞらせる。

「おおぅ、くっ……！」

と、宗則も奥歯を食いしばっていた。

ひさしぶりに味わう美和子の膣はしとどに濡れていて、温かい。襞がざわめきながら、肉棹にまとわりついてくる。

(おおぅ、最高だ……！)

宗則はじっくりと抽送を開始する。

二階では、長男と次男夫婦が寝ている。ここはその一階である。大きな声を出したり、強い振動を与えたら、気づかれてしまう。そのスリルと危機感が、宗則をかえって昂奮させる。

宗則は上体を立てて、静かに腰をつかう。

からみついてくる粘膜の襞を押し退けるようにして打ち込むと、切っ先が奥まで嵌まり込んでいって、

「うぐっ……うぐっ……！」

美和子はくぐもった声を洩らして、両手でシーツの上の浴衣を鷲《わし》づかみにした。

上から見ると、美和子は打ち込まれるたびに眉を八の字に折って、今にも泣きださんばかりの表情をする。

口許を横に割った葡萄《ぶどう》色の手拭いが、頬に深々と食い込んでいた。その結び目を頬張るようにして、美和子はのけぞっている。

もっと激しく腰をつかいたかった。

しかし、これ以上強く打ち据えたら、その振動が二階にも伝わりそうで、それができない。その分、じっくりとした腰づかいになる。

だが、かえってゆっくりと打ち込んだほうが、膣の締めつけ具合が充分に伝わってきて、まとわりつきを味わえる。ピストンは速くすればいいというものではない。

両膝の裏をつかんでひろげながら、打ち込み、上から美和子の様子を見る。

美和子は両手を顔の横に置いて、赤子が寝ているような格好でストロークを受け止めて、「うんっ、うんっ」と声を洩らしている。

たわわな美乳はところどころ赤く染まり、打ち据えるたびに、ぶるん、ぶるるんと縦に揺れる。張りつめた薄い乳肌から青い血管が随所に透け出ているのがわかる。

濃いピンクの乳首はツンと上を向いている。乳首が勃起するときのこの上向きの角度が、宗則を昂奮させる。

宗則は膝を離して、折り重なっていく。

両肘を突いて、美和子の髪の乱れをととのえ、額にちゅっとキスをする。

口を真一文字に割られているその唇の隙間から、結ばれて瘤になった手拭いが見える。それはすでに大量の唾液を吸って、変色している。

この手拭いを外して、キスをしたくなった。しかし、やめた。強く突けば、美和子もこらえきれなくなって喘ぎ声を放つだろう。その声をふせぐためには、この口枷が必要だ。それに、猿ぐつわをされて喘ぐ美和子の姿を見てみたい。

「苦しいか?」

訊くと、美和子は一瞬どう答えていいか迷ったようだが、やがて小さくうなずいた。

「でも、すごくいい表情だ。苦しいだろうが、もう少し我慢しなさい……できるね?」

言うと、美和子はこくりとうなずいた。

宗則は手拭いを噛んでいる口許に、ちゅっ、ちゅっとキスをする。キスをおろしていき、向かって右側の乳房をつかむのと同時に、乳首にしゃぶりつく。

チューと吸いながら、豊かなふくらみを揉みしだくと、

「んんんっ……!」

美和子は顎をせりあげる。

その状態で、宗則はかるく腰をつかう。背を丸めて、ぐいっ、ぐいっと硬直をえぐ

り込むと、

「んっ……んっ……！」

美和子は猿ぐつわされた口許から、あえかな喘ぎを洩らす。

猿ぐつわをしていなかったら、美和子は喘ぎを大きくさせていただろう。

満足しつつ、さらに乳首を舐めしゃぶった。ピストンはせずにいると、美和子は自分から両足を、宗則の腰にからませて、ぐいぐいと下腹部を擦りつけてくる。

（そうか……そんなに突いてほしいのか？）

宗則は顔をあげて、乳房を右手でつかんだ。がしっと鷲づかみにして、徐々に大きく速く打ち込んでいく。

「んっ……んっ……！」

美和子は宗則の腕を握って、足をM字開脚させ、屹立を深いところに導き、

「んっ……んっ……んぁ！」

猿ぐつわから声を洩らして、顎をせりあげる。

宗則は寒さを感じ、また、こうしたほうが声もふせぐことができるだろうと、掛け布団を引き上げる。羽毛布団だから、重くはない。大型のものを使っているから、二人はすっぽりとおさまってしまう。

（よし、これなら……！）

宗則は腕立て伏せの形から、美和子を抱きしめる。こうすると、上半身の傾斜がなくなり、布団もずり落ちることはない。

ぴったりと身体を合わせ、美和子の耳を舐めながら、腰をつかった。

美和子はくすぐったそうにしていたが、やがて、耳を舐められることも快感になってきたのか、宗則に両手でぎゅっと抱きついてきた。

「ああ、美和子さん……気持ちいいよ。すごく気持ちいい」

宗則が思いを耳元で伝えると、美和子も無言で強くしがみついてくる。

膣肉のイチモツへの締めつけも増して、宗則は呻きながら、腰をつかった。

足を伸ばして、体重を乗せながら、打ち込んでおいて、しゃくりあげる。

締めつけが気持ちいい。今、自分は美和子とひとつになっている。美和子の体内をぐいぐいと突いている。

そして、美和子は抱きしめられながらも、獣染《けものじ》みた声を洩らして、高まっていっている。

宗則はふいに射精の予兆を感じた。

（うん、出すのか？　俺は射精するのか？）

美和子を相手にして、いまだ射精はしていない。こうなったら、放ちたい。

そもそも、六十歳を過ぎてから、女性の膣に発射した記憶はない。

短いストロークで腰をつかいながら耳元で囁いた。

「出そうだ。今日は大丈夫な日か？」

すると、美和子は間髪を置かずに何度もうなずいた。

「出していいんだね？」

美和子はうなずき、目で「欲しい」と訴えてくる。

(出したい。ひさしぶりに女体のなかに放ちたい。ましてや、相手は愛する女だ！)

宗則はがっちりと上体を抱いて、えぐり立てていく。

反動をつけているわけではないから、ほとんど揺れはないはずだ。しかも結合部分は布団に覆われていて、美和子は猿ぐつわを噛まされているから、大きな声は出ない。

顔をのけぞらせている美和子のすぐ横に顔を置いて、ぐいぐいぐいっと連続して、突きあげた。

「んっ、んっ、んっ……うぁあああああ！」

美和子が逼迫《ひっぱく》した呻き声を洩らして、シーツの上の浴衣を両手で握りしめた。そのとき、膣がくいっ、くいっ、くいっと締まって、勃起を引きずり込もうとする。

（ああ、今だ……！）

その流れに任せて、ぐいと最奥まで届かせたとき、下腹部に熱い男液が駆け上がってくるのを感じた。

次の瞬間に、熱い迸《ほとばし》りが先端から放たれていく。

（ああ、気持ち良すぎる……！　もう俺は死んでもいい！）

一滴残らず出し尽くしたときは、さすがにぐったりとして、美和子の猿ぐつわを外してから、すぐ隣にごろんと横になった。

3

（とうとう、美和子さんのなかに出してしまった……しかも、二階では美和子の夫、すなわち俺の長男が寝ているというのに！）

宗則はさすがに罪悪感のようなものに苛《さいな》まれていた。

幸いに、二階の家族は気づいていないようだった。

美和子はいったんトイレに立って、膣内の精液を洗ってきたようだった。

ふたたび部屋に入ってきて、宗則の隣に身体をすべり込ませる。

（そろそろ部屋に戻ったほうがいいのではないか？）

そう切り出そうとしたとき、美和子が布団に潜り込んでいった。

（えっ、何を？　まさかな……？）

その、まさかだった。

美和子が布団のなかで、宗則の肉茎にしゃぶりついてきたのだ。

（無理だ……！）

最初はそう感じた。ついさっき、六十代になって初めて、女性に中出ししたのだ。

実際に長い賢者タイムを送った。もう一回勃起させせろと言われても、絶対に無理だ。

そう思っていた。だが、奇跡が起こった。

布団のなかで、温かい口腔の粘膜に包まれているうちに、ムスコがむくむくと頭を擡げてきたのだ。

「大きくなったわ……」

美和子が布団のなかで言ったので、宗則は布団を持ちあげる。布団の薄暗さのなかで、美和子の二つの目が妖しく光っていた。

美和子は薄暗がりからこちらを見て、ゆっくりと顔を振る。それにつれて、二つの目も動き、双眼が鈍く光る。

そろそろ部屋に戻ったほうがいいのではないかという思いもあった。しかし、二度目の勃起を迎えると、自制心が噴き飛んだ。

美和子は布団を剝《は》ぐと、浴衣姿のまま、宗則の下半身にまたがってきた。

歓喜のなかで、美和子を見た。

幾何学模様の浴衣をはおっているだけなので、二つの乳房も下腹部の翳りも見える。

美和子は髪の毛を前に垂らして、いきりたつものをつかんだ。

そして、硬くなっている肉柱の頭部を濡れ溝に擦りつけて、自分で腰を前後に振り、

「ぁあああぅぅぅ……」

美和子が必死に喘ぎを押し殺した。もう猿ぐつわを外しているから、油断をすれば、喘ぎが迸ってしまう。

それから、美和子は腰を落としてくる。沈み込んでくる恥肉を、勃起がぬるぬるっと突き破っていく確かな感触があって、

「ぅんっ……！」

美和子は低く喘いで、顔をのけぞらせる。それから、何かに憑《つ》かれたように、腰を前後に振った。

激しい騎乗位だった。

膝を立てて、パン、パン、パンと尻を落とし、

「んっ……んっ……んっ……」

くぐもった声を洩らす。

それから、美和子はゆっくりとまわって、後ろを向いた。結合したままで、前に屈み込んでいく。目の前に、宗則の肉柱を呑み込んだ美和子の充実したヒップがあり、それが前後しながら、上下にも動く。

同時に、美和子は向こう脛を舐めてくれた。

知らなかった。

脛を舐められるのが、こんなにぞくぞくするとは。まるで痒《かゆ》くてどうしようもないところを掻《か》いてもらっているような快感が皮膚の下を走る。

美和子はさらに屈曲して、脛から足首にかけて舌を走らせた。

さらには、足の甲から足指までも舐めてくれる。

あの美和子が騎乗位のバックで男とつながりながら、足の指までも舐めてくれているのだ。なぜか、高校の制服姿の美和子が脳裏に浮かんだ。

黄色い枕明かりがぼんやりとその白々としたヒップと、肉柱が嵌まり込んでいるところを照らしだしている。

そして、美和子は足舐めを終えて、みずから腰を上下に振った。

蜜まみれの肉柱が美和子の体内に出入りしていくさまが、はっきりと見える。そして、宗則がその後ろ姿を見ていたとき、上のほうで何かが光ったような気がした。

（えっ……？）

美和子は盛んに腰を叩きつけているから、気づかないのだろう。だが、宗則には見えた。隣室との壁の上に付いた欄間から、スマホのようなものが差し出されて、こちらを狙っているように見える。

宗則はハッとして、美和子の腰の動きを止めた。

「何ですか？」という顔で、美和子がこちらを振り返った。

そのとき、欄間に出ていたスマホが引っ込み、その実行者が息を潜めて、じっとしている気配が感じられた。

（撮られた！　誰かに、二人の情事を盗み撮りされた！）

宗則は唇の前に人差し指を立てて、

「欄間から何か見えたような気がする。待っていてくれ」

美和子にそう耳打ちして、静かに結合を外させた。

それから、美和子にここでじっとしているように言い、そっと歩いて、和室を出た。

隣室の物置に使っている部屋のドアをゆっくりと開ける。

部屋の明かりをスイッチで点けた。

壁際に置かれた丸椅子の上で、手にスマホを握ったパジャマ姿の莉乃が、膝を抱えるようにしてうずくまっていた。

視線が合うと、莉乃はスマホを掲げて、にこっと笑った。

「撮ったのか？」

宗則は小声で訊く。

莉乃が大きくうなずいた。

「わかった。ここで、少し待っていてくれ」

宗則は寝室に戻り、美和子に告げた。

「莉乃さんに、欄間から撮られた。話し合う必要がある。美和子さんは部屋に戻っていなさい」

「それなら、わたしも同席します。こうなったのも、わたしの責任ですから」

「いや、きみはもう帰っていなさい。異変を感じて、崇史や勇樹が起きるかもしれない。大丈夫。あとは任せて、上手くやるから」

肩に手を添えて言うと、美和子はここは任せるしかないと思ったのだろう。

「わかりました。お義父さまにお任せします。結果を早く教えてください」

「そうだね。メールで送っておくよ……早く、行きなさい」

せかせると、美和子は身繕《みづくろ》いをととのえて、部屋を出て行く。

宗則はすぐに部屋を出て、隣室の莉乃を部屋に招き入れた。

パジャマ姿の莉乃が入ってきて、立ち止まった。

宗則は畳に正座して、頭をさげた。

「済まない。自分が何をしていたかの自覚はある。もう、二度としない。だから、このことは誰にも言わないでくれ。撮影したデータを消してくれ。頼む」

額を畳に擦りつけた。普段は説教する相手に、自分は今、土下座している。

胸が焼けるような屈辱感だが、そんなことはどうでもいい。とにかく、莉乃を黙らせないと、宗則も美和子も破綻する。それどころか、早坂家自体が壊れてしまう。

「心配しなくていいですよ。早坂家をぶっ壊しても、わたしには何のメリットもないですから」

「そ、そうか！」

莉乃がはっきりと言った。

「だけど、どうしてこんなことになったんですか？」

莉乃はスマホの動画を再生した。画面には、バックの騎乗位で、浴衣をはおっただけの美和子が、男の上で激しく腰を叩きつけて、「んっ、んっ、んっ」と必死に声を押し殺している姿が映っていた。そして、宗則が顔を持ちあげて、美和子の尻の動きを見ているその恥ずかしい姿が赤いストーブの炎とともに、はっきりと映っている。

（これは、アウトだ……！）

宗則はそのスマホを破壊したくなった。そんな気持ちを押し殺して、冷静に答える。

「……いろいろあるんだ。今度、ちゃんと釈明するよ」

宗則は二階を見あげる。

「そうですか……その前に、わたし、これを勇樹さんに見せちゃうかもしれませんよ」

「それは困る」

「……だったら、わたしの言うことを聞いてもらえますか？」

「わかった。何だ？」

「……うちは共稼ぎなのに、お金が全然足らなくて……そう言えば、わたし、お義父さまからお年玉をもらったことがなかったな」

莉乃が微笑む。

ミドルレングスのさらさらの髪で、笑うと笑窪《えくぼ》ができて、愛らしい。喋り方も、少し鼻にかかっていて、甘えたような口調である。それでも、仕事はできて、不動産会社ではなかなか有能らしい。

（ナメていたら、やられる！）

この絶体絶命のピンチを脱するには、財産を半分投げ出すくらいの気持ちが必要だと感じた。

「わかった。明日、お年玉をあげる」

「ありがとうございます！　明日の夜、勇樹は友だちのところに泊まりにいくみたいなんで、明日の夜ひとりでここに来ます。そのときに、渡してもらえますか？」

「用意しておく」

「じゃあ、明日の夜に来ます。それから、この動画もお義父さまにＬＩＮＥで送っておきますね。自分でも見たいかなって？　美和子さんにも見せたら、いいかも。どんな顔をするか、楽しみ！　じゃあ、明日」

莉乃は微笑んで、部屋を出ていった。

ひとり残された宗則はしばらく茫然《ぼうぜん》自失していた。

思い出してスマホを取り出し、美和子に経過を書いたメールを送った。

第四章　次男の嫁

1

翌日の夜、宗則は家で、莉乃を待っていた。

『お年玉』の祝儀袋には、一応十万円包んでいる。この金額で、莉乃が満足するとは思えない。だが、こういうのは小出しにして、時間稼ぎをするに限る。

そして、チャンスを待って、動けばいい。

いずれにしろ、莉乃を怒らせることだけは、絶対に避けたい。義父と長男の嫁が出来ていたなんてことが、崇史の耳に入ったら、完全に我が家は終わる。

美和子には、今夜、莉乃と話し合うことを告げてある。

金銭的な解決をはかっているから、二人の関係が崇史に知られることは考えなくていい。心配するな――そう言い聞かせた。そうでも伝えないと、救いようがないほどに、美和子は落ち込んでいた。

自分のせいで、こんな絶望的な結果を招いてしまったのだから、仕方がないことではある。とにかく、宗則としては早く解決して、美和子を安心させたい。

そのためなら、財産を切り崩すくらいの覚悟をしなければならないだろう。自分は長男の嫁と肉体関係を持ち、それを次男の嫁に目撃されてしまったのだから。

午後八時に着くというから、宗則は夕飯を摂《と》って、莉乃を待った。八時を十五分過ぎて、莉乃はやってきた。

その姿を見て、驚いた。正月だからだろうか、莉乃は和服を着ていた。

おそらく高価なものではないだろう。だが、古典柄がとても華やかだ。

「お正月だから、晴着を着てみました。『お年玉』のお礼です」

莉乃はにこにこして、袖《そで》を振る。

今夜は寒かったので、炬燵に入りたかった。寝室に莉乃を連れていき、炬燵に入ってもらう。

宗則も座椅子に座って炬燵布団をかけ、祝儀袋に入れた『お年玉』を出して、

「少ないけど、今、持ち合わせの現金がなくてね。ひとまず、これで勘弁してくれ」

と、莉乃に手渡す。

「お年玉、ありがとうございます」

両手でそれを受け取った莉乃は、おかまいなしにお札を数えて、

「まあ、いいか……」

どうとらえていいのかわからない表情をする。

「悪いね。欲しいときに言ってくれれば、何とかするから」

「いいですよ。その代わり、この動画は消しませんからね」

「……どうしたら、消してくれるんだ？」

「ううん……考えておきます。わたしも昨日の今日で、思いつかなくて……でも、驚いたな。昨夜、わたし、喉が渇いて下へ降りていったんですよ。そうしたら、なぜかお義姉《ねえ》さまがトイレから出て、お義父《とう》さまの部屋に入っていったんで、どうしてかなって……廊下で耳を済ましていたら、お義姉さまのあの声が聞こえたので、隣の部屋に……気づいたら、スマホで撮影していました。わたし、スマホを常時携帯しているんで……でも、お二人、初めてとは思えなかったな。お義姉さま、すごく感じていたし……何か、悔しいです。いつからですか？」

「言わないと、ダメか？」

「ええ、聞きたいです」

「そうか、じつはな……」

絶対的な証拠を握られているのだ。ひとまずは下手《したて》に出て、言いなりになるしかない。それに、すぐにバレるウソはよくない。

二カ月前のことを話しはじめた。看病に来てくれた美和子をついつい抱いてしまったことを……。

「へえ……お義父さまのほうから誘ったんですか？」

「そりゃあ、そうだ。美和子さんが誘うわけがないじゃないか？」

「でも、よくお義姉さまが応じましたよね？　何か理由があるんですか？」

「さあな……わからないな。それは……」

理由はわかっている。崇史が不倫して、美和子は放っておかれたからだ。それに、高校生のときから、担任教師であった宗則に、美和子はひそかに好意を抱いていたのだ。だが、そこは絶対に話せない。

「お義姉さま、前からお義父さまのこと、好きでしたものね。お義母《かあ》さまが亡くなってからも、ちょくちょくこの家にいらしてたんですよね？」

「まあ、それはな……ひとりになった老人を心配してくれたんだろう」

「あれでしょ？　お義姉さまが高校生のとき、お義父さまが担任教師だったんでしょ？　ひょっとして、お義姉さま、そのときから早坂先生を好きだったりして……」

莉乃が鋭いことを言う。図星だと動揺しつつも、宗則は平静を装って答える。

「まさか……くだらないことを言わないでくれ」

「あらっ、そうかしら？　わたし、意外と真実に近いと感じているんだけどな。いいな、相思相愛で。羨ましい……」

莉乃が拗《す》ねるように言って、姿勢を変えた。

宗則はズボン下に何かが触れるのを感じ、炬燵布団をあげて、覗き込む。

宗則は今日も着物を着ていた。冷えないように肌色の分厚いズボン下を穿いている。

座椅子に腰をおろして、足を伸ばしているのだが、その足と足の隙間に、莉乃の白《しろ》足袋《たび》に包まれた小さな足が入り込み、親指が股間のものをまさぐってくる。

「おい……？」

「言ったでしょ？　羨ましいって……」

莉乃は炬燵を出て、こちらに向かってきた。

宗則の隣に座って、肩に顔を乗せ、右手を炬燵布団の下へと潜り込ませる。間髪をいれずに、ズボン下の上から股間のものを触ってきた。

「よ、よせ……」

「あらっ、よせなんて言えるんですか？　わたしには頭があがらないはずでしょ？　何だったら、あの動画、崇史義兄《にい》さんに送ってもいいんですよ」

「いや、それは困る」

「だったら、いいじゃないですか？　こんな若い子がおチンチン触ってくれるんだから、普通は悦《よろこ》ぶと思うけどな。それとも、美和子義姉さんじゃないと、ダメなんですか？」

皮肉めいたことを言いながら、莉乃は下着の上からイチモツをいじる。その触り方がなかなか巧妙で、気持ちとは裏腹に分身がむくむくと頭を擡《もた》げてしまう。

「ほらね、こんなに硬くなった……ちょっとだけ、外に出てください」

莉乃の指示を、宗則は拒めない。

宗則が座椅子をどかして、座布団に仰臥すると、莉乃が宗則の着物の前身頃をはだけ、ベージュの分厚いズボン下を手で撫でてきた。

「わたし、お義父さまに嫌われているから、大きくならなかったらどうしようって不安だったんです。でも、こんなにカチンカチンになった」

莉乃はズボン下に手をかけて、ブリーフとともに引き下ろした。

下着がさがるはなから、いきりたちが頭を振って、飛び出してくる。

「まあ、すごい！　オッきいのね。思ってたより、立派なんですね」

莉乃が愛《いと》おしいものに頬ずりするように、肉柱に顔を擦りつけてきた。

(俺は、莉乃相手でもこんなになるのか？)

宗則は自分でも驚いていた。

しばらく自分の愚息はお休みをしていた。それが、美和子に起こされた。

何度か身体を合わせるうちに、老いたはずのイチモツが若い頃を思い出したのだろう。若い頃は誰が相手でも、見境なしにエレクトしたではないか。

自分のこと以上に、莉乃に訊きたいことがあった。

「莉乃さんはこんなことして、勇樹に申し訳ないと思わないのか？」

「勇樹に？　あまり思わないかな。だって、わたしがこんなことをするのは、勇樹がわたしを満足させられないからだもの。お義父さまの前でこんなことは言いたくないけど、勇樹、あっちのほうは全然ダメなのよ。三擦《みこす》り半《はん》って言うの？」

莉乃は袖から伸びた手でいきりたちを握りしごきながら、宗則を見て言う。

「あっと言う間に終わっちゃって、えっ、もうって感じ。だから、わたしいつも欲求不満だし、満たされていないから、きっとこんなことをしてしまうのね……わたしね、欄間から覗いていて、本当はすごく昂奮していたんだ。撮りながら、左手であそこをいじっていたんだ。こんなふうに……」

莉乃は右手で肉柱を握りながら、左手で前身頃をはだけ、緋襦袢《ひじゅばん》もめくってなかに差し込んだ。

しばらくすると、クチュクチュと濡れ溝をいじる粘着音が聞こえてきた。

「ほら、聞こえるでしょ？」

「ああ……」

宗則は思い切って、言った。

「ひとつ、提案があるんだけど」

「何？　いいわよ」

「俺は全力できみを満足させる。それができたら、あの動画を消してくれないか？」

「……どうしようかな？　本当に満足させてくれたら、考えなくもないよ」

「約束だぞ」

確認しようとすると、莉乃はうなずいて、猛りたっているものに唇をかぶせてきた。

ほぼ真横から、晴着姿で肉柱を頬張り、ゆったりと顔を打ち振る。

そうしながら、左手は前身頃を割って、奥に入り込み、時々もどかしげに腰をくねらせる。

さらさらのミドルレングスの髪が垂れ落ちて、その隙間から莉乃が肉棹を咥えている横顔が見える。上下動するたびに、赤い唇がめくれあがり、表面にからみついている。

これまでは莉乃のことを、勇樹をだまして一緒になった小憎らしい女、としか感じなかったのに、こうしてイチモツを着物姿でしゃぶられると、いじらしく、かわいい女に見えてきてしまう。

「きみを満足させたい。こちらにお尻を向けてくれないか？」

莉乃はいったん立ちあがって、晴着の裾《すそ》から手を入れ、ピンクのパンティを剝きおろした。足先から抜き取って、

「ほんとはすごく恥ずかしいんだからね」

莉乃はパンティを袖のなかに隠した。

それから、着物の裾をはしょって、まくりあげながら、宗則の顔面をまたいでくる。

宗則の目前に、ぷりっとしたヒップがせまってきた。

透明感のある真っ白な尻だ。その上方では、緋襦袢と着物が帯を隠している。そして、宗則の顔の両側には白足袋に包まれた小さな足がある。

宗則がつるつるの尻たぶを撫でさすり、クンニをしようとしたとき、恥毛がないことに気づいた。あるべき陰毛がきれいに剃《そ》られている。

「気づきました？　わたし、あそこの毛を剃っているんです。勇樹もこのほうが好きだと言ってくれているし……お義父さまはどうですか？　発情します？」

「……そうだね。たぶん……」

少女とするようで、正直困惑している。だが、露骨にいやな顔をすれば、莉乃は臍《へそ》を曲げるだろう。

「あっ、絶対にウソ。でも、いいわ。その気にさせちゃうから」

莉乃がイチモツにしゃぶりついてきた。

柔らかな唇をすべらせて、ゆったりと頬張ってくる。そうしながら、睾丸を右手であやしている。

抑えきれない快感がひろがってくるのを感じながら、宗則は目の前の肉割れにしゃぶりついた。恥丘に毛のないつるっとした女陰はひどく清潔感があり、あらわすぎて卑猥だった。

禁断の実に舌を走らせると、そこは花のようにひろがって、内部の赤みがぬっと現れる。酸味を帯びたヨーグルトのような味がして、舐めるたびに潤いを増し、ねっとりとからみついてくる。

狭間を舐め、下方の陰核を指先でかるく叩いた。包皮からわずかに顔を出している肉の芽を指先でかるく刺激すると、

「んんんっ……んんんっ……ぁおおぁああ……感じる。それ、感じる……」

莉乃は肉茎を吐き出して、尻をくねらせる。

無毛の肉びらがひろがって、膣口が物欲しげにひくついていた。そこに中指をあてがうと、入口がそれを招き入れるようにうごめいて、からみついてきた。

少し力を入れると、指がぬるぬるっと吸い込まれていき、

「ぁああうっ……！」

莉乃の顔が撥《は》ねあがった。

宗則は温かい粘膜をかき分けるように指を抜き差しする。

くちゅくちゅと淫靡な音とともに蜜があふれて、

「んんっ……んっ……んっ……」

莉乃は湧きあがる快感をぶつけるようにして、下腹部のイチモツを頬張ってくる。

肉びらは赤子のようにつるっとして、ふっくらしている。一見、幼子のそれのように見えて、よく見ると性の年輪をところどころに刻んで、陰唇の縁はいやらしい蘇芳《すおう》

色に色づいている。

そして、宗則の中指の抽送につれて、少し泡立った蜜がネチャネチャと音を立てながら、すくいだされて、したたり落ちる。

上方のセピア色の小菊がひくっ、ひくっと窄まり、同時に、膣も中指を締めつけてくる。

一心不乱に下腹部の肉柱を頬張っていた莉乃がそれを吐き出して、言った。

「ああ、もう我慢できない」

ゆっくりと立ちあがり、宗則のほうを向いた。

2

ズボン下を膝のところに引っかけた宗則は、足先を炬燵布団に入れて、仰臥している。

莉乃は宗則を見おろして、ゆっくりと腰を落とす。

力士の蹲踞《そんきょ》の姿勢になって、いきりたちを支え持ち、その亀頭部を濡れ溝に擦りつけた。

「ああ、気持ちいい……これだけで、感じる」

と、莉乃は卑猥に腰を振る。

華やかな晴着の前がぱっくりと割れて、真っ赤な襦袢の途切れるところに仄白い太腿がのぞき、その奥にイチモツがおっ勃《た》っているのが見える。

莉乃は肉柱を手で導いて、静かに沈み込んでくる。

いきりたちが無毛の恥肉をかきわけていって、奥へと届き、

「ぁあああ、すごい……！」

莉乃はまっすぐに上体を立てて、すぐに腰を振りはじめた。

両膝を立てて、開いている。晴着の裾をはしょっているので、真っ赤な襦袢が割れて、むちむちした太腿がのぞき、無毛の恥肉に老いたイチモツが嵌《は》まり込んでいる。

「感じる……感じるのよ……あんっ、あんっ、あんっ……！」

莉乃は腰を上下に振って、尻を叩きつけてくる。

ピチャン、ピチャンと乾いた音が撥ねて、莉乃は小気味よく喘ぐ。

それから、莉乃は後ろに両手を突いて、反りながら、腰をつかった。

足をM字に開いているので、緋襦袢も割れて、挿入部分が丸見えだった。

イチモツが出入りしている陰部の恥丘にはあるべき恥毛がない。そのぷっくりした

陰部に自分の分身が突き刺さっている。

自分は莉乃を好きで、こうしているわけではない。むしろ、嫌っている。それなのに、こうやって合体していると、相手の女に肉欲を覚えてしまう。これも、男のサガというやつか？　六十六歳になっても、男はオスでありつづけられる。そうだとしたら、むしろ誇らしい。

宗則はその姿勢から腹筋運動の要領で上体を立てた。

すると、莉乃は宗則に抱きつき、接吻しながら、みずから腰を上下動させて、

「んっ、んっ、んっ、んっ……！」

くぐもった声を噴きこぼす。

こうなると、宗則も奮起せざるを得ない。

対面座位の形で、莉乃の背中に手をまわして、お太鼓の結びを解いた。それから、帯を抜き取っていく。

シュルシュルと衣擦《きぬず》れの音とともに解けた金糸の入った帯が畳にとぐろを巻く。

宗則はそのまま晴着を肩から脱がしていく。

緋襦袢だけが残って、その襟元をつかんで開き、ぐいと肩からもろ肌脱ぎにさせる。

（ほう、デカいな！）

こぼれでた巨乳に、宗則は息を呑む。

大きいとはわかっていたが、想像以上だった。E、いやFカップはあるのではないか？　しかも、ただデカいだけではなく、砲弾形にせりだしていて、まったく垂れていない。

薄いピンクの大きめの乳輪がひろがっていて、そこから二段式に薄紅色の乳首がせりだしていた。

「吸いたい？　お義父さまは莉乃のオッパイ、吸いたい？　どうする？　吸いたいなら、吸っていいよ」

そう言って、莉乃が乳房を押しつけてくる。

心は決まっていた。宗則は躊躇《ちゅうちょ》なく薄紅色の突起にしゃぶりついた。下から揉みあげながら、突起を断続的に吸う。すると、

「ぁああ、あああああ、感じる……お義父さま、莉乃、感じる……いやン、恥ずかしい……ぁあああん」

莉乃は最後に生々しく低い声で喘いで、腰をくねらせる。

宗則の肩に両手を起き、豊満な乳房を吸われながら、

「ぁああ、気持ちいい……気持ちいい……ぁあああ、もっと、もっとして……。突き

あげてよぉ」

莉乃は甘え声で、せがんでくる。

しかし、この体勢では強く突きあげるのは、難しい。

「莉乃さん、いったん抜いて……バックからしよう」

言うと、莉乃は素直にしたがって、結合を外した。

座布団を並べたところに、莉乃を四つん這いにさせる。

後ろについた宗則は、鮮やかな裾模様の入った裾を、緋襦袢とともにまくりあげた。

真っ白でぶりっとした双臀があらわになり、

「ぁあああ、欲しい……入れて。いっぱい入れて……お義父さま、ちょうだい。ここに、お義父さまのブッといやつをちょうだい」

莉乃は尻をくねくねさせて、誘ってくる。

「しょうがない子だね、莉乃は……そんなに欲しいなら、お義父さんのブッといやつをぶち込んであげるよ」

宗則は無毛の媚肉へ、イチモツをめり込ませていく。

とても狭いところを、分身がこじ開けていく確かな感触があって、

「はうぅぅ……！」

莉乃が顔を撥ねあげた。

「おっ、くっ……」

宗則はその締めつけに驚いた。とても窮屈で、その上、粘りけもある。

(そうか……勇樹のやつ、莉乃さんのここの具合が良すぎるから、三擦り半で出してしまうんだな)

幸い、宗則にはその心配はない。むしろ、遅漏《ちろう》気味で、女体に射精できないことが悩みなのだから。

しかも、二カ月前に復活して、今はなぜか絶好調なのだから、若い女の子相手でも対抗できそうな気がする。

晴着と緋襦袢を剝がして、抜き取っていく。

白足袋だけの姿になった莉乃は、ぐいと尻を差し出して両手と両膝で裸体を支える。

そして、宗則がウエストをつかみ寄せて、ぐいぐい打ち込んでいくと、

「あんっ……あんっ……ぁあああああ、感じる。来てる。奥まで来てる……ぁああああ、すごい……勇樹より、全然すごい。お義父さまのほうが断然すごい。ああ、がんがん来てる……ひさしぶり。いいとこに当たってる……ぁあああ、もっと……もっとしてぇ……あんっ、あんっ、あんっ」

莉乃は両肘を突いて、膝も大きく開き、打ち込みを受け止めている。

「そうら、いいんだぞ。気持ち良くなって」

宗則はさらにストロークのピッチをあげ、強く打ち込む。

キンタマ袋が揺れて、ペタン、ペタンとどこかに当たっているのがわかる。そして、莉乃は両手で座布団をつかみ、顔を上げ下げしながら、高まっていく。

「ぁああ、もう、イク……お義父さま、莉乃はもうイクぅ！」

ぎりぎりの状態で訴えてくる。

「いいぞ。イッていいぞ」

宗則はたてつづけに屹立をめり込ませる。具合のいいオマ×コがまったりとからみつき、締めつけてくる。

若い男ならこれだけで射精してしまうだろう。だが、宗則はこのくらいではびくともしない。

「莉乃さん、右手を後ろに」

指示をすると、莉乃は右手を後ろに差し出してくる。その嬉々としたやり方で、莉乃もこれを求めていたことがわかった。

手は小さく、肘も細い。その腕をつかんで後ろに引っ張ると、莉乃の上体が反りかえる。

宗則はのけぞらせながら、下から突きあげた。

腕をつかんで引き寄せているから、突くパワーが逃げることがない。したがって、挿入が深くなり、勃起が奥まで届いていることがわかる。

そして、子宮口につづく祠《ほこら》をつづけさまに突きあげると、

「あんっ……あんっ……あんっ……ぁあああ、来るわ、来る……イカせて、イキたいの……！」

莉乃がせがんでくる。

「いいぞ。イキなさい。思う存分、イキなさい」

つづけざまに深部に届かせたとき、

「ぁああ、イク、イク、イクよ……！」

莉乃が逼迫した声を放った。

「いいぞ。イくんだ。そうら……」

宗則は奥歯を食いしばって、たてつづけにえぐり込む。

莉乃の腰に痙攣が走り、「イク、イク、イク」と口走った莉乃は、やがて、

「イクぅ……本当にイクぅ……やぁあああああぁぁぁぁ！」

部屋に響きわたるような嬌声をあげて、大きくのけぞった。

それから、突き出した尻を前後に揺するような仕種をしながら、ドッと前に突っ伏していった。

3

石油ストーブを点け、布団を敷いた。

宗則は温かい部屋でシーツの上に大の字に仰臥し、緋襦袢だけをまとった莉乃が、その胸板にキスをしている。

「きみはちゃんとイッた。あの動画を消してくれないか？」

承知する訳がないと思いながらも、一応訊いた。

「ダメ……だって、わたし、まだ全然満足してないもの」

「……本当に消す気があるのか？」

「もちろん、あるわよ。でも、じつはパソコンにも取り込んだから、映像は増えているんだけどね」

「おい、それは困るよ」

「だって、お義父さまがわたしのスマホを水没させたり、叩き壊したりする可能性があるわけでしょ？　だったら、こっちも保険をかけておかないと」

莉乃は微笑みながら、見あげてくる。緋襦袢の前がはだけて、たわわすぎる乳房が半ばこぼれている。

やはり、なかなか手強い。

宗則は確認したくて、訊いた。

「きみは、美和子さんのことが嫌いなのか？」

「……どうして、そんなことを訊くんですか？」

「二人はどうもソリが合わないような気がするんだ。きみは美和子さんを好きじゃないだろ？」

「……そうね。好きじゃないわ。って言うか、積極的に嫌い。だってお義姉さま、偽善者でしょ？　いい人ぶってるじゃない。見え見えなのよ。いつも、思ってることとは違うことをしている。だけど、正体は違うのよ……昨日の夜、それを確信したわ。夫を裏切って、義父に抱かれるなんて、あり得ないわよ」

「……莉乃さんだって、同じじゃないか。勇樹を裏切って、義父と寝ているだろ？」

「それは……お義姉さまがしたからよ。最初にしたのは、お義姉さまでしょ？　それに、これは勇樹のせいでもあるのよ。勇樹がわたしを満足させないから……。いっそのこと、わたし、お義父さまの愛人になろうかな」

　まさかのことを言って、莉乃は首すじから肩にかけて、キスをしてくる。

（……肉体を提供して、お金をもらうってことか。冗談だろ？　だいたい、美和子を偽善者と呼ぶような女を、俺が受け入れるとでも思っているのか？）

　心ではそう思っている。

　しかし、胸板の乳首にキスされ、股間のものを静かにいじられるうちに、莉乃がどんな女であるかなど、どうでもよくなってしまう。

　この歳になっても、性的な昂奮に押し流されてしまう自分が、情けない。しかし、現実はえてして残酷だ。

　莉乃は緋襦袢から巨乳をあらわにして、宗則の乳首を舐めしゃぶり、下半身を撫でてくる。

　乳首を舌で転がされ、太腿や股間を巧妙なタッチでなぞられると、ぞわぞわした感触が育っていって、イチモツがふたたび勃起した。

　すると、莉乃はそれを握って、しごいたり、なぞったりして、もてあそぶ。

「六十六歳で、これってすごいよね……こんなに元気だから、お義姉さまも夢中になっちゃうのよね……さっきだって、勇樹だったら絶対にすぐ出しちゃってたわ……すごいよ、これ」

莉乃が屹立を握って、ゆったりとしごいた。

それがギンとしてくると、莉乃は横から頬張ってきた。真っ赤な長襦袢だけを着ているので、これはこれで色っぽい。

莉乃は真横から勃起に唇をかぶせ、顔を打ち振りながら、根元を握りしごく。

それから、移動していって、宗則の足にまたがった。右足をまたいで、太腿に覆いかぶさるようにして、屹立を咥え込む。

「んっ、んっ、んっ……」

顔を打ち振りながら、恥肉を擦りつけてくる。

無毛の陰部はすでにたっぷりとした蜜を吐き出していて、その飾り毛のない生々しい恥肉が、膝のあたりにぬるぬると擦りつけられる。

莉乃はいきりたちにキスして、裏すじを舐めあげ、また頬張ってきた。

つづけざまに唇を往復され、根元を握りしごかれると、宗則は放ちそうになった。

若い頃だったら、絶対に射精していただろう。だが、宗則はそれをぐっと抑えた。

莉乃を仰向けにさせて、膝をすくいあげる。

緋襦袢がはだけて、陰毛のない媚肉があからさまな外観をさらした。内部の赤い粘膜めがけて打ち込んでいく。

「ぁああ、また……くっ！」

莉乃が顎をせりあげる。

宗則も唸っていた。二度目だというのに、そこはいっそう緊縮力を増し、侵入者を締めつけながら、包み込んできた。

「ぁああ、いいの……硬いわ。硬くて、オッきい！」

莉乃が下から、大きな瞳で見あげてくる。

宗則は遮二無二打ち込んだ。莉乃をとことんイカせて、莉乃の言うように愛人同様にしたら、莉乃もあの動画を消してくれるのではないか？

そんな一縷《いちる》の望みを持ちつつ、両膝の裏をつかんでひろげた。上から突き刺して、途中からしゃくりあげる。すると、屹立がGスポットとポルチオを叩き、

「ぁあああ、すごい……あんっ、あんっ、あんっ……すごいよ、お臍まで届いてるわ。お義父さまのチンポ、喉から出てくる！」

莉乃が顔をくしゃくしゃにして言う。

こういうことを言われると、言葉でなぶりたくなる。

「今、何て言った？　お義父さまの何だって？」

「ああ、チンポよ。お義父さまのチンポ」

「ダメじゃないか、女の子がそんなことを言っちゃ」

「だって、チンポ、好きだもの。ねえ、もっとして。チンポを奥まで打ち込んでよ」

「チンポ、チンポと煩《うるさ》い女だ。そうら、こうしてやる」

宗則は両足を肩にかけて、ぐいと前に体重を乗せる。すると、莉乃の身体が腰から折れ曲がって、宗則の真下に、莉乃の顔が見える。

ミドルレングスのさらさらの髪が散って、ととのった丸顔が赤く染まっている。緋襦袢の前がはだけて、たわわな乳房が半ばのぞき、白い半衿からぎりぎり出ている薄紅色の乳首がツンとして、男を誘っていた。

宗則は激しく上から叩きつける。肩にかけられた両足が押さえつけられて、ぎりぎりまで屈曲している。白足袋に包まれた小さな足の親指が快感でのけぞっている。

息を詰めて、叩き込んだ。

「あんっ……あんっ……ぁああ、すごい……突き刺さってくる。奥まで来てるのよ。お義父さまのチンポが奥まで来てるぅ……あああ、死んじゃう。莉乃、気持ち良すぎて死んじゃう！」

莉乃は、宗則の両腕をぎゅっと握って、熱のこもった目で見あげてくる。

「いいんだぞ。イッてもいいんだ。死ぬほど気持ちいいだろう？」

「ああ、そうよ。死ぬほど気持ちいい！　すごいよ、お義父さま、勇樹より断然すごい……ぁあああ、莉乃はお義父さまの愛人になる。いっぱいセックスして、いっぱいお金を貰う。いい、お義父さま、いい？」

「ああ、いいぞ。俺の愛人になりなさい。そうら、いいんだぞ。イッて」

宗則はそう言って、つづけざまに屹立を突き立てる。

ぐいと奥まで押し込んだとき、奥のほうの柔らかな部分が亀頭冠のくびれにからみついてきて、一気に快感が高まった。

唸りながら、奥歯を食いしばって打ち据えたとき、

「あん、あんっ、あんっ……来るよ、来る……イキます……いやぁあああぁぁぁぁあぁぁぁ！」

莉乃は嬌声を噴きあげて、大きくのけぞった。

それから、がくん、がくんと腰を前後に振りながら、絶頂へと昇りつめていった。

宗則はぎりぎりで射精を免れて、息が戻るのを待った。

第五章　節分の鬼は誰？

1

節分の前日の二月一日、長男夫婦と次男夫婦が早坂家に集まっていた。

毎年二月三日が節分とは限らず、今年は二月二日である。

早坂家では、節分の日に男性の誰かが鬼になって、それを節分の豆で追い払うという儀式をすることが習わしとなっていた。

何世代も前からの習慣で、早坂家の人間として、当主の宗則もそれを踏襲していた。

今年は二月二日が日曜日なので、日にちを前倒しして、一日の土曜日にした。これなら、四人は我が家に泊まることができる。

わざわざ日にちをずらしたのは、四人に、いや、正確に言えば、莉乃に家に泊まってもらう必要があったからだ。

あれから、宗則は悩みに悩んだ。

美和子とも相談した。美和子は「もう生きた心地がしません」と怯えていた。そんな美和子をどうにかして救わなければいけない。

懊悩した挙げ句に、ある策略を思いついた。

それには、美和子に協力してもらう必要があった。だが、美和子はとてもつらいものを見ることになる。

だから、真っ先に美和子に相談した。

美和子も最初は「いやです。そんなことをするくらいなら……」と首を縦に振らなかった。しかし、ぎりぎりになって折れた。

「します。でも、お義父さま、少しでも撮影できたら、すぐにやめてくださいね。そうでないと、わたしは我慢できません」

美和子はそう言って、ぎゅっと唇を噛んだ。

そして当日、早坂家の面々は我が家に集まった。

まずは、行事を済ます。

鬼は男性陣が持ちまわりですることになっているが、今年は勇樹の番だった。

勇樹は我が家に伝わる木製の鬼の面をかぶって、家のなかで、女性たちを追いまわし、それを女性を含む四人が枡《ます》に入っている炒《い》り豆を、『鬼は外』と言いながら投げて、ぶつけて、鬼を外に追い出す。

その後、窓とドアを閉めて、『福は内』と声をかけながら家に福豆を撒《ま》く。

これで行事は終わりだ。早坂家では恵方巻きは食べない。その代わりに、みんなで鍋を囲む。

鬼の役目を終えた勇樹が外から戻ってきて、

「そろそろ、こんなことやめようぜ。大豆がもったいないよ」

と、文句を言い、

「こうやって、ちゃんと全部拾って食べるんだから、無駄にはしていないわよ。皮を剝けば、大丈夫なんだから」

妻の莉乃が言い返す。

歳の数だけ食べることは、さすがにしない。宗則なら、六十六個食べなくてはいけない。その代わりに、四捨五入して十で割って、七個食べる。

これで充分だ。

室内に散らばった福豆を拾い終えたところで、女性陣は鍋の用意にかかる。

男性陣はその間に、リビングのソファに座り、拾った炒り豆の皮を剝いて、食べやすいようにする。

カウンターの向こうで、長男の嫁と次男の嫁が仲良くキッチンに立って、エプロンをつけ、寄せ鍋の材料である野菜を刻んでいる。

こうしていると、莉乃と美和子は問題なく会話しているし、ごく普通の仲の良い義理の姉妹に見える。だが、実際は違う。

莉乃は美和子を偽善者扱いしているし、はっきり嫌いだと言った。美和子も口には出さないものの、莉乃を好きではないし、脅迫されている身としては、莉乃を憎んでさえいるだろう。

そして、何より驚くべきことは、宗則自身がこの二人と肉体関係を結んでしまっていることだ。

義父が長男と次男の嫁の二人と関係を持つなど、普通はあり得ないし、あってはいけないことだ。

だが、宗則はその禁を破ってしまっている。それでいながら、平然とうちの行事に携わってしまっている。この面《つら》の皮の厚さはどうだ？

さっき、『鬼は外』と豆を投げながら、勇樹が演じている鬼は自分だ。自分がこの家族の災いの元であり、本来は自分が鬼になって、福豆をぶつけられる存在なのだと感じた。

男性陣は炒り豆の皮を剝き終えると、ダイニングテーブルを囲んで、酒を呑みはじめる。さっき投げた豆をオツマミ代わりにぽりぽり食べ、冷や酒で流し込む。

正直なところ、宗則は二人に合わせる顔がないと思っている。

息子二人の妻を抱いてしまっているのだ。しかし、その罪悪感を露骨に出すわけにはいかない。長男も次男もそれを知らないのだから。もし知ったら、我が家族は完全に終わる。

美和子がほとんど出来上がっている鍋をテーブルのガスコンロにかけて、

「いただきます」

宗則が音頭を取って、五人は鍋を突つきはじめる。

崇史が口を開いた。

「父さん、さっき勇樹も言ってたけど、うちもそろそろ、豆撒きなんかやめないか？」

「どうして？」

「無駄だよ。こんなの意味がない。それに、うちらも一々来ないといけないし……泊まるなんて、あり得ないよ」

崇史は美和子と宗則とのことをいまだに疑っているから、美和子と自分を逢わせたくないのだろう。それで、こういうことを言うのだ。

「いいじゃないか。盆暮れしか逢わないんじゃ、寂しいだろ？　それも、お前たちが早く子供を作らないからだぞ。孫を作ってくれれば、自然にもっと逢う機会が増えるのにな」

崇史を黙らせるために言ってやった。

崇史は余所《よそ》に女を作ってやりまくって、女房を抱いていないから、美和子に子供ができるわけがないのだ。

案の定、崇史は押し黙って、莉乃が言った。

「お義兄《にい》さんたちが子供を作ってくれないから、うちも作りにくくて……」

それを聞いて、美和子が怒りを秘めた顔で、莉乃を見るのがわかった。

「莉乃さん、もうその問題はいいよ。とにかく、うちは節分の行事はつづけるから。いいな？」

崇史をにらみつけてやった。崇史は元々争いを避けたいタイプだから、

「わかったよ」

と、目を伏せる。

勇樹の勤めているIT関連会社の上司の話や、宗則が年金を受給しはじめた話をして、鍋を囲んだ。

こういうとき、話題を提供する者がいないと、沈黙がつづいてそれがプレッシャーになる。うちの場合は、勇樹が話題提供係で、勇樹がいるから、うちは食卓を囲んでもギクシャクしない。

鍋を食べ終えて、息子の嫁たちが後片付けや洗い物をする。

莉乃はいつもと変わらない態度を貫いている。大したものだ。

じつは莉乃には、今夜みんなが寝静まった頃に、一階の和室に来るように言ってある。

『二度目のお小遣《こづか》いをあげるから、みんなが寝静まった頃に来なさい』

と、莉乃には昨日、電話で伝えておいた。

莉乃は電話の段階でも嬉々としていた。今夜もそのスリルを愉《たの》しむようにして、義父の部屋に忍び込んでくるだろう。

お小遣いは当然欲しいだろうが、それ以上にセックスをせがんでくる可能性が高いと踏んでいる。夫と同じ屋根の下での義父との情事という設定に、萌《も》えそうなタイプだからだ。それに、この前の苛烈なセックスを忘れられていない気がする。

もし、その予想が当たれば、そのときは……。

いつものように男が風呂を使い、つづけて女が入る。

一階の自室でじっとしていると、気配で莉乃が最後に風呂を使い、出て、階段をあがっていくのがわかった。

その後、階段をゆっくりと降りてくる足音が聞こえた。想定より早い。

静かに扉が開き、ガウンをはおった莉乃が部屋に入ってきた。

(早すぎだな。大丈夫か？)

宗則は、美和子のことを思う。

(いや、万事抜かりのない人だ。大丈夫だろう。だが、時間稼ぎをしたほうがいい。なるべく、ゆっくりと進めたほうがいい)

二月に入ってすぐである。宗則の部屋にはいまだ炬燵が置かれ、布団が敷いてある。

石油ストーブも煌々《こうこう》とした明かりを放っていた。

莉乃の姿が赤いストーブの炎に照らされて、宗則は立ちあがり、銀行の封筒に入っているお金を出して、それを炬燵のボードに置いた。

それを取った莉乃が中身を確かめて、にこっとした。

二十万円用意してある。

「大切に使わせていただきます」

莉乃は力士が懸賞金を受け取るように両手でそれを持ち、お辞儀をして、それを臙《えん》脂《じ》色のガウンのポケットに入れた。

隣室にはまだ美和子は来ていないようだ。

だが、考えたら、こんな静かなときに来られたら、かえって物音などでバレてしまう可能性が高い。むしろ、早めに莉乃をその気にさせて、セックスをはじめたほうがいい。夢中にさせれば、気づかれる危険は少なくなる。そう思い直した。

「莉乃さんは忘れていないよね？　この前、言っていたことを」

「……何ですか？」

「その、きみが俺の愛人になるという話だ。愛人になってくれないか？」

心にもないことを切り出す。莉乃を安心させるためだ。

「あら、いいんですか？　だって、お義父さまはお義姉《ねえ》さまがお好きじゃなかったの？　それなのに、妹を愛人にしていいんですか？　わたしはすごく嫉妬深いから、他の女を抱くことは許しませんよ。とくに、お義姉さまは」

「……わかっている。それでいい……美和子さんより、莉乃さんのほうがいいんだ」

そう言うと、莉乃はもう笑いが止まらないというふうに、破顔して、

「しょうがないな。愛人ってことは、セックスと代償にお金をもらうってことでしょ？　したいの、今夜も、莉乃と？」

莉乃が炬燵を出て、ガウンを脱いだ。

水色の水玉模様のパシャマの胸はパッツンパッツンに張りつめて、頂上から二つの突起がせりだしていた。明らかにノーブラだった。

2

後ろにまわった莉乃が宗則に抱きついてきた。

「今夜も莉乃としたいんでしょ？」

「ああ、したい。だから、お手当ては奮発した」

「ほんと、お義父さまは欲しがりなんだから。莉乃がいないと、ここが疼いちゃうんでしょ？」

後ろからそう小声で言いながら、莉乃は右手でイチモツに触れてくる。

宗則は美和子が隣室に来ているかどうかを、確かめたい。

まだ気配は感じられない。見ることができればある程度はっきりするだろうが、背中を向ける形なので、確かめられない。

（まあ、そのうち来るだろう……）

寝間着代わりの浴衣越しに股間をまさぐられるうちに、それが徐々に力を漲《みなぎ》らせる。

この前から、不肖のムスコは莉乃相手でも反応してしまう。

もし、すでに美和子が隣室に来ていて、こちらの様子を観察しているならば、かなり恥ずかしい。だが、そんなことを言っている場合ではない。

美和子と宗則、二人の今後がかかっているのだ。

ここで、莉乃が宗則相手に悶え狂うさまを盗撮できれば、それで莉乃を脅すことができる。

もし宗則と美和子の禁断のビデオを誰かに見せたら、こちらも同じように、宗則と莉乃とのセックス動画を勇樹に見せるぞと脅せば、さすがの莉乃もあの動画でこちらを脅すことはしなくなるはずだ。

両者痛み分けというやつで、お互いイーブンの立場になる。美和子に対して、

『これしかないいんだ。美和子さんとしてはいやだろうし、俺としても莉乃とのセックスは不本意だが、こうでもしないと平等の立場にはなれないんだ。頼む』

そう拝み倒して、盗撮をしぶしぶ承諾させた。

美和子には、莉乃に脅迫されて、これまでにも一度だけセックスにつきあったと伝えてあるから、多少、莉乃と馴れ馴れしくしても、大丈夫だ。

莉乃は後ろからノーブラの乳房を宗則の背中に押しつけながら、浴衣の衿元から手をすべり込ませて、宗則の乳首をさすったり、つねったりして刺激してくる。

もう片方の手をズボン下とブリーフの下に潜り込ませて、じかにイチモツをいじる。

そうしながら、耳元ではこう囁きつづけるのだ。

「ああ、お義父さま……莉乃はずっとお義父さまとこうしたかったのよ。勇樹が早漏《そうろう》だから、入れられても、えっ、もうって感じで、全然やった気がしないの。しょうがないから、勇樹が寝たあとで、わたし、いつもオナニーしているのよ。そうしないと、眠れないし……最近はね、オナるとき、いつもお義父さまを思い出しながらしているのよ。このすぐにカチカチになる、いつまで経っても射精しない、スーパーチンポでがんがん突かれているところを思い出しながら……そうすると、すぐにイッてしまうの。ぁああ、もう我慢できない」

莉乃は宗則を布団に寝かせると、浴衣をはだけ、あらわになった胸板にキスをしながら、ズボン下の上から勃起をなぞってくる。

「ふふっ、お義父さまの乳首、舐めるとすぐにカチンカチンになるんだから。それに、こうすると……ほらね、腰がビクンビクンしてる……ねえ、オチンポをじかに触ってほしいんでしょ？」

「ああ、じかに触ってほしいな」

「いいわよ。その代わり、今夜も莉乃をいっぱい満足させるのよ。わかった？」

「……ああ」

「何よ、その返事は？　わかりました、莉乃さま……でしょ？」

「はい、わかりました。莉乃さま……」

宗則はまだ美和子が盗撮をはじめていないことを祈って、そう答える。

「しょうがないなぁ……お義父さまはほんとに莉乃の指が好きなんだから」

うれしそうに言って、莉乃はズボン下とズリーフのなかに右手を突っ込んできた。すでに力を漲らせている肉の塔を大胆につかんで、上下に擦りながら、胸板にキスをして、乳首を舐め転がす。

水玉模様のパジャマのボタンが上から二つ外されているので、丸々としたナマ乳がこぼれでて、半分近く見えている。

と、宗則の気持ちを読んだのか、莉乃はパジャマの上を脱いだ。

あらわになった乳房の存在感に圧倒されてしまう。

「いいのよ、吸いたいんでしょ？　吸っていいのよ」

そう言って、四つん這いになった莉乃は、宗則の口許に乳首を差し出してきた。

抗えなかった。

（たとえこの場面を撮影されていても、かまうものか……）

宗則は目の前の乳首にしゃぶりついた。推定Eカップのたわわなふくらみを手指で揉みながら、絞り出されてきた突起を舐める。

薄紅色にせりだした乳首はすぐに充溢して、赤く染まりながら、硬く大きくなり、それを口に含んで吸うと、

「あ、くっ……！」

莉乃にも二階では夫が寝ているという意識があるのだろう、口に手のひらを当てて、必死に喘ぎ声を抑え込む。

いまだとばかりに、宗則は乳首を吸い、舐め転がす。同時に、もう片方の乳房を荒々しく揉みしだき、乳首をいじる。

それをつづけていくうちに、

「うふっ、うふっ……ぁあああ、そんなことされたら、欲しくなっちゃう。入れたく

なっちゃう……」

莉乃は物欲しげに腰をくねらせる。

「こっちにお尻を向けなさい。まずは、口と指でやってあげるから」

宗則が言うと、莉乃はいったん立ちあがって、パジャマのズボンを脱いだ。

びっくりした。莉乃は赤いレースの透けたパンティを穿いていたのだが、その真ん中がぱっくりと割れていて、肝心の部分がさらされてしまっている。しかも、陰毛は剃られているから、無垢《むく》な女の子のようなぷっくりした肉丘が生々しい。

「ふふっ、驚いた？　お義父さまのために、用意したのよ。オープンクロッチパンティと言ってね、あそこが開いてるの。何のためかわかるよね？　そう、おパンティを脱がなくてもセックスできるのよ。このほうが昂奮するでしょ？」

そう言いながら、莉乃は宗則のズボン下とブリーフを脱がせて、足先から抜き取った。

現れた肉の塔は自分でも驚くほどにいきりたっている。

莉乃はシックスナインの形で、こちらに尻を向けてまたがってくる。

(これが、オープンクロッチとかいうものか……！)

後ろから見ると、赤いシースルーの生地が左右に分かれていて、中央が大きく開口し、そこで莉乃のアヌスの窄《すぼ》まりと無毛の花肉が息づいている。
宗則は魅入られたように、その割れ目に顔を寄せていた。
尻たぶをひろげるようにして、肉びらの狭間を舐めると、ぬるっと舌がすべってい
き、
「はんっ……！」
莉乃は喘いでしまって、あわてて口を手で押さえる。
心配になって、宗則も周囲の物音を聞き、気配をうかがう。
莉乃の尻越しに二階との境である壁の上の欄間を見たとき、ハッとした。
スマホのレンズがこちらに向かって、きらりと光った。そして、スマホの向こう側
に人の顔のようなものがかすかに見える。
（いるんだ。美和子が盗撮しているんだ！）
計画どおりだ、という安心感と同時に、このシーンを美和子に見られているのだと
いう羞恥心とともにわくわくするような不思議な感覚がある。
いずれにしろ、莉乃に積極的に自分から挿入させて、それを撮影できればもっとも
効果的だ。
（このままでいい……）

一瞬、スマホを意識して、ためらった。しかし、この現場を撮影させて脅せば、すべてが上手くいく。

宗則は目の前の肉割れにしゃぶりついた。

狭間を舐め、クリトリスを舌で強く擦る。さらに、中指を膣に挿入して、抜き差しをする。

すると、莉乃は一心不乱にいきりたちを頬張って、

「んっ、んっ、んっ……！」

つづけざまに唇をすべらせ、

「ぁあああ、気持ちいい」

吐き出して、肉棹を指でしごく。

今、このシーンを美和子のスマホがしっかりととらえているはずだ。莉乃は欄間のほうを向いているが、陶酔しているから、欄間のスマホをはっきりと見ることはできないだろう。

宗則はもっと感じさせようと、クンニをつづける。

肉びらをまとめて吸い込み、吐き出して、陰核を舌で転がす。そうしながら、膣に指を挿入して、出し入れをする。

「ぁあああ、感じる……感じます、お義父さま……ぁああ、もう欲しい。これを入れてよ……！」

莉乃は唾液まみれのイチモツを指で握りしごきながら、訴えてくる。

「そんなに、勇樹のものでは満足できないのか？」

宗則はスマホで録画されることを承知で訊く。

「ええ、そうなの……勇樹はすぐにイッちゃうから、物足りなくて」

「俺のは、勇樹と違うのか？」

「違うわ。お義父さまのチンポ、すごいわ。すごく長持ちするし、いつもギンギンだわ。勇樹よりずっと上よ。ぁああ、ちょうだいよぉ」

莉乃はあからさまなことを言って、腰をくねらせた。

これを勇樹が聞いたら、怒り狂うか、失意のどん底に叩き落とされるかのどちらかだろう。

まさか、これが罠だとはつゆとも思っていないだろう莉乃は、怒張を頬張り、すごい勢いで顔を打ち振る。

根元を握りながら、上へと上へとしごきあげて、

「んっ、んっ、んっ……！」

激しくストロークをする。

「欲しいのか？　入れてほしいのか？」

「……はい、欲しい」

莉乃は肉棹を吐き出して、言う。

「いいぞ。自分で入れなさい」

指示をした。

莉乃はもうひとときも待てないという様子で、こちらを向いて、宗則の下腹部にまたがってきた。

いきりたつものをオープンクロッチパンティからのぞく下腹部に導き、慎重に沈み込んでくる。

陰毛がないので、挿入シーンがまともに見える。

禍々《まがまが》しい肉柱がぷっくりとした肉割れをこじ開けていき、

「ああ、すごい……」

莉乃は心の底から言う。

両足をM字開脚した莉乃は、屹立を奥の奥まで招き入れて、

「ああ、苦しい……お義父さまのおチンポ、硬すぎてつらい……ぁあああ、腰が勝手

に動く。あんっ、あんっ……くっ！」

喘ぎ声をあげそうになって、あわてて口を手でふさぐ。

それでも、腰の動きは止まらず、激しく上下動して、尻が当たるペチャン、ペチャンという音が聞こえる。

「んっ、んっ、んっ……」

くぐもった声を洩らす莉乃。

その途中で、上下動を止めて、ぶるぶるっと痙攣をはじめた。震えながら、イッているようだった。

身体を支えていられなくなったのか、がっくりと前に突っ伏してきた。

「イッたんだね？」

宗則はさらさらの髪を撫でてやる。

「ええ……お義父さまのカチカチだから、すぐにイッちゃう」

莉乃が耳元で甘く囁く。

宗則はそんな殊勝なことを言う莉乃が、かわいくなってきた。

（いや、ダメだ。俺はこの女に脅迫されて、お金を搾《しぼ》り取られているんだから）

そう思い直す。

背中と腰をつかみ寄せて、下からゆっくりと突き上げてやる。すると、いまだ健在な分身が斜め上方に向かって、膣内を擦りあげていって、

「ぁああ、これ、すごい……んっ、んっ、んっ」

莉乃はぎゅっとしがみついてくる。喘ぎ声を押し殺したいと思ったのか、キスをしてくる。

宗則も応戦して、唇を重ねる。ねちねちと舌をからめながら、下から突き上げてやる。

ぐいっ、ぐいっ、ぐいっと擦りあげると、莉乃はもうキスをしていないと声が出てしまうとでも言うように、必死に唇を重ねながら、

「うふっ……うふっ……」

と、くぐもった声を洩らす。

つづけざまに擦りあげたとき、

「イクっ……！」

莉乃は低く呻いて、痙攣した。

気を遣《や》ったのだ。もうこれで、充分録画はできたはずだ。

莉乃を上から降ろそうとしたとき、莉乃が回復して、また動きだした。時計回りに

まわっていって、真後ろを向いた。

そして、腰の上げ下げをはじめた。

スクワットでもするように上体を立てて、M字開脚し、杭打ちでもするように尻を叩きつけてくる。

「あ、あっ、あん……」

莉乃はくぐもった声を洩らして、その口を手でふさぐ。

宗則が腰の上下動を手で助けてやると、莉乃はますます強く、激しく腰を叩きつけては、がくん、がくんとのけぞる。

そのとき、隣室で物音がした。かなり大きな音だったので、莉乃も気づいたのだろう。ハッとして動きを止めた。

3

すぐに、寝室の扉が開いて、美和子が入ってきた。浴衣に半纏《はんてん》をはおって、手にはスマホを持っている。

それを見た莉乃が腰を浮かして、結合を外した。

「どうして？」

毛布で裸体を隠した莉乃は、宗則と美和子を交互に見て、後ろにさがる。

「引っかかったね。きみはもうこれで、あの動画をネタに俺たちを脅すことはできなくなった。今の動画があるからね」

宗則が言うと、

「そうよ。これを見なさい……」

美和子がスマホを差し出した。その画面には、宗則の上で派手に腰を上下に振っている莉乃の姿が映っていた。

「……今なの？　今、隣で盗撮していたの？」

莉乃が目を丸くして言う。美和子が珍しく莉乃を責めた。

「そうよ。あなたがしたことをやり返したまでよ。これを、勇樹さんに見せてもいいのよ。勇樹はすぐにイッちゃうから、物足りないんだって？　そう言ってたわね。それが全部、ここに入っているの」

気の強い莉乃だが不利を悟ったのだろう、押し黙ってしまった。

「これで、オアイコだ。きみもこっちもお互いに、他人には見せられないビデオを持っている。せえので、消してもいいが、きみはすでにたくさんのコピーを用意している可能性がある。だから、それはしない。その代わり、もしきみがあの映像を流出させることがあったら、こっちもこの映像を流出させる。つまり、勇樹に見せる。これでオアイコだ。あの画像は脅しのネタにはならない。したがって、もう、きみに金を払うことはないし、セックスにも応じない。これで、手を打とう」

宗則が主張すると、

「……わかったわ。やられたわね。どうも事が上手く運びすぎると思っていたのよ……わたしもまだ勇樹とは離婚したくないから。でも、もらったお金は返さないからね」

莉乃が無念そうに言った。

もうこれで莉乃は自分を敵対視できなくなったはずだ。だったら、あのことも頼めるのではないか？　宗則は切り出した。

「じつは、莉乃さんに頼みたいことがあるんだ」

「何よ？」

「去年の十一月五日の木曜日、きみは美和子さんと一緒にいたってことにしてくれないか？　じつは、崇史が俺と美和子さんの仲を疑っていて、その日に、美和子さんはうちにいたんじゃないかと疑っている。実際にそうなんだけどね……きみにはそれを否定してほしいんだ。その日、じつは美和子さんときみは一緒にいたということにしてほしい。なぜ逢っていたのかは、お互いに話し合って決めればいい。そうしてくれないか？」

ものはついでとばかり、言ってみた。これが上手くいけば、美和子のあの日の疑惑は晴れる。

「……わかったわ。やってあげてもいい。だけど、リスクを負うわけだから、それに見合う報酬が欲しいな」

「……いいぞ。お金でいいか？」

「お金も欲しいけど……でも、他のものが欲しいかな」

「どんな？」

「……そうだな。わたし、じつは他人のセックスを見るのが好きなのね。だから……今、ここでお二人でセックスしてくれないかしら？　そうしたら、わたし、それを見ながら、オナニーするから」

(急に何を言いだすんだ……！)

宗則は啞然として、莉乃を見、それから、美和子を見た。

美和子は当然、それはいや、と首を左右に振るだろう。そう思っていた。だが、美和子は意外にも否定しようという意志はないようだった。

「どうする、美和子さん？」

訊くと、美和子が言った。

「莉乃さんが本当にわたしと口裏を合わせてくれるなら、わたしはしてもかまいません。実際、もう覗かれているわけですし、莉乃さんがお義父さまとするのはもういやですけど……」

「わかったわ。そう来なくちゃ……上に聞こえるといけないから、お互い、静かにしましょうね。ねえ、早くしようよ」

莉乃は寒いからと、パジャマを着て、ストーブの前にしゃがんだ。そして、二人に向かって言う。

「いいよ。やって……ほんとは美和子さん、あれでしょ？　欄間から覗いていて、あそこがジンジンしていたんでしょ？　わたしはそうだった。二人のセックス見ていて、自分でもしたくなったもの……じつはわたし、あのエッチな映像を見ながら、自分でオナっているのよ。美和子お義姉さまも今、すごくしたいはず。わたしがいなくなったら、お義父さまとエッチしたいはず。そうよね？」

莉乃が言って、美和子はそれを黙って聞いている。否定しないところを見ると、実際そうなのだろうか？

「いいんだね？」

気持ちを再度確かめると、美和子がうなずいた。

ここは、もうやるしかない。

宗則は美和子を布団に寝かせて、キスをしながら、胸のふくらみを浴衣越しに揉んだ。すると、美和子も甘く鼻を鳴らして、舌を貪り吸う。

寝間着替わりの浴衣の裾を右手で割った。美和子はパンティを穿いていたのだが、その花芯に触れている箇所がじっとりと濡れていた。

（ああ、やはりそうだ……美和子さんも昂奮していたんだ！）

前からそうではないかとも感じていた。美和子はこちらが考えている以上に奔放で、自由なセックスを望んでいるのかもしれない。

舌で唇をなぞると、美和子も口を開いて、赤い舌を差し出してくる。みずから宗則を抱き寄せながら、舌をねっとりとからめてくる。

ディープキスをしながらも、もう欲しくてしょうがないといった様子で、水色のパンティが張りつく基底部をせりあげて、指に擦りつけてくる。

宗則は唇を重ねながら、右手を下着のなかへとすべり込ませる。

美和子の柔らかな繊毛を感じて、安心した。莉乃はここの毛を剃っているので、ここが無毛であることに慣れかけていた。

やはり、繊毛がないと、淫靡さに欠ける。

奥のほうに指を伸ばすと、そこはぬるぬるしていて、美和子がいかに自分との性交を求めていたかが、ひしひしと伝わってきた。

自分のために、オマ×コを濡らしてくれる女がいる——。

それがどんなに幸せなことか、この歳になってようやくわかった。

潤みきった狭間を指腹で刺激すると、

「んんんっ……」

美和子はキスしたまま声を洩らし、もっととばかりに下腹部を擦りつけてくる。

莉乃に見られるのは屈辱以外の何物でもないだろう。しかし、そんなプライドを捨てさせるほどの強烈な渇望感を、今の美和子は抱えているのだ。

宗則はキスをやめて、指先で濡れ溝を叩いた。すると、粘液がまとわりついて離れる、チャッ、チャッ、チャッという音がかすかに聞こえて、

「ぁああ、はうぅぅ……」

美和子は手の甲を口に添えて、喘ぎを押し殺す。

「気持ちいいかい？」

「はい……お義父さまとずっとしたかった」

「俺もだ。俺もずっと美和子さんとしたかった」

宗則はパンティに手をかけて、脱がせた。

それから、半幅帯を解いて、浴衣の前をはだける。そして、こぼれでてきた乳房にしゃぶりついた。

上方の直線的な斜面を下側の充実したふくらみが持ちあげている。大きさでは莉乃に負けるが、乳房の価値は大きさではなく形だと、宗則は思っている。

仄白《ほのじろ》い、血管が透け出るほどに張りつめた乳肌は、揉むほどに形を変えて、柔らかく指腹にまとわりついてくる。

コーラルピンクにぬめる乳首をちろちろと舐め、かるく吸った。

そうしながら、もう片方の乳房を荒々しく揉み込む。

これまでのセックスで、美和子は多少荒っぽく攻めたほうが、感じることはわかっている。M性を秘めているのだ。Mの資質を持っている女性は、男に支配するセックスの醍醐味を感じさせてくれる。

乳首を丹念に舐め、揉みしだきながら、右手をおろして、恥毛の底へと伸ばした。

ますます潤ってきたそこを指でなぞり、陰核を転がす。

それを丹念につづけていると、美和子はもうこらえきれないといった様子で、

「ぁあああ、あああ、お義父さま……お義父さま」

どうしていいのかわからないといった風情で、腰をくねらせる。

「どうした？」

小声で訊く。二人とも二階には家族が寝ているという思いがあるせいで、声も低く、動きも抑えている。

「……して」

美和子が囁いた。

「うん？　聞こえないな」

「……してください」

「……何をどうしてほしいの？」

「これを、わたしのなかに……」

美和子が手を宗則のイチモツに伸ばして、ぎゅっと握ってきた。

それから、美和子は起きあがって、宗則を布団に仰臥させた。

枕許に置いてあった消毒用のウエットティッシュを取り出して、それで、宗則のイ

チモツを丹念に拭きはじめた。

やはり、それが他の女の局部におさまっていたままでは、いやなのだろう。

ウエットティッシュを何枚も使って、イチモツの付着物を丹念に清める。

含まれているアルコール分が刺激してくるのだろう、時々、沁みるようなツンとした感触があって、それが逆に分身を活性化させる。

そして、すべてを清め終えると、美和子は這うようにして真下から、イチモツを舐めてきた。

幾何学模様の浴衣は帯が解かれていて、前がはだけて垂れさがっている。その間からこぼれでている乳房や乳首の突起をひどく卑猥なものに感じてしまう。

足の間に這った美和子は、裏すじを何度も舐めあげてから、両膝をすくいあげて、あらわになった睾丸を舌であやしてきた。

驚いた。こんなことを、美和子がしてくれるとは。

莉乃への対抗心があるのだろう。そして、ひさしぶりに宗則とセックスをする悦びが、美和子を積極的にさせているのだ。

宗則はちらりと莉乃を見た。莉乃は、まるで宗則のイチモツをしゃぶっているかのように、自分のまとめた三本指を頬張っている。

水玉模様のパジャマの上をはおり、下半身にはオープンクロッチパンティだけをつけている。足を大きく開いているので、赤いレースの股割れパンティから、無毛の生々しい肉びらが唇のように開いて、突き出している。

その鶏頭の花にも似た、よじれた陰唇をもう片方の手指が擦り、縦横無尽に指を走らせては、

「ぁああ、エッチね。お義姉さま、お義父さまのキンタマまで舐めて、いやらしすぎる……ああ、わたしもしたくなっちゃう」

莉乃はそう言って、また三本指をしゃぶる。

美和子が上から肉柱を頬張ってきた。かるくウエーブした黒髪を垂らし、揺らせて、激しく顔を打ち振る。

「んっ、んっ、んっ……！」

「くうぅ……！」

宗則は湧きあがるジンとした喜悦をこらえた。

夢を見ているようだ。これが現実だとは信じがたい。

ついさっきまで、宗則と美和子は絶体絶命の窮地にいた。なのに、今は激変した。

まさに、地獄から天国だ。世の中、やるべきことはやったほうがいい。やったもん勝

ちだ。

「美和子さん、そろそろ入れてくれ」

誘うと、美和子は頬張ったままこちらを見て、目でうなずいた。

まとわりつく浴衣を脱いで、一糸まとわぬ姿になって下半身にまたがってきた。

いきりたちをつかんで導き、ゆっくりと沈み込んでくる。

屹立が温かい体内に吸い込まれていくと、

「うあっ……！」

美和子は喘ぎ声を、手を口に当てて、押し殺した。

それから、上体をほぼまっすぐに立てて、腰を振りはじめた。両膝をぺたんと布団についていて、ぐいん、ぐいんと腰を前後に揺すっては、

「あぐ……くっ……くっ……」

と、のけぞる。

仄白い裸体をストーブの赤い炎に照らされて、美和子は側面を赤く染められながら、何かにとり憑かれたように腰を振る。

そして、義姉の淫らな姿を見ながら、莉乃は膣に押し込んだ中指を激しくピストンさせては、

「ぁあぁ、いやらしい……お義姉さま、いやらしすぎる。本当は淫乱なのね。そうだと思っていたわ。善人の仮面をかぶっているんだって……本当はヘンタイじゃないの。義理の妹に見られていても、かまわず腰を振って、イキそうになってる……あり得ないよ。お義姉さまはあり得ないことばかりしてる。お義父さまのチンポを、お義兄さまの代わりに使わせてもらって……ぁああ、いやらしい……ぁあああ、イキそう。莉乃、イッちゃう……くっ！」

激しく中指を抜き差ししていた莉乃が、一気に昇りつめた。

それを見て、美和子も高まったのか、膝を立てて、腰を上下動させる。パン、パン、パチンと杭打ちのように尻を叩きつけては、

「んっ……んっ……んっ……」

と、手のひらで口をふさぐ。

腰が落ちてくる瞬間を見計らって、宗則がぐいと屹立を突き上げたとき、

「あ、くっ……！」

美和子も昇りつめたのか、がくん、がくんと腰を揺すりながら、大きくのけぞった。

4

オルガスムスを迎えて、布団にぐったりと横たわっている美和子に、宗則は後ろからバナナの房のように添い寝して、いまだに猛《たけ》りたつものを打ち込んでいく。

上になっているほうの足をつかんで持ちあげ、慎重に挿入していくと、切っ先が沼地に潜り込んでいって、

「あうぅぅ……」

美和子が低く喘いで、ちらりと階上を見て、口を手でふさぐ。

崇史は飲酒しているときに一度寝つくと、朝まで起きない。だが、勇樹はどうなのだろう？　これだけ長い時間、妻が帰ってこないのだ。不審に思わないのだろうか？

勇樹も一度寝つくと、めったなことでは起きないから、二人とも睡眠に関しては、不眠症とは縁の遠いお気楽な兄弟と言っていいだろう。それでも、可能性は否定できない。

二人がもしこの光景を見たら、いったいどんな顔をするのだろうか？

だが、今は考えないようにしよう。

バナナの房のように寄り添いながら、宗則は後ろからの側臥位《そくがい》で、美和子とつながっている。ゆっくりと打ち込むと、

「ぁああ、気持ちいい……お義父さま、気持ちいいんです」

美和子が心底感じている甘い声を出す。

宗則もこの体位だと、リラックスして打ち込める。宗則も射精しようという気はないから、この姿勢が楽だ。

かるくピストンしていると、莉乃が見えた。

莉乃は四つん這いになり、こちらを見ながら、腹の方から潜り込ませた指で恥肉をいじっていた。激しく指を抜き差ししながら、宗則を見て、

「ああ、お義父さま……ちょうだいよ。莉乃にもそのカチンカチンをくださいよ。入れて……入れてよぉ」

眉を八の字に折って、訴えてくる。

宗則が見ていると、その視線を感じたのか、莉乃はピストンをやめて、両手で尻たぶをつかんで、開いた。

陰の花もひろがって、赤い粘膜がぬっと現れる。そこは赤く爛《ただ》れたように濡れて、妖しいばかりにぬめ光っている。

宗則はどうしようか迷った。

個人的には、あれだけ哀願してくるのだから、入れてあげたい。しかし、美和子がいやがるに決まっている。悩んでいると、美和子が言った。

「可哀相《かわいそう》だから、指でしてあげてください」

「指で？」

「はい。お義父さまの指で……」

「いいのか？」

「かまいません。その代わり、おチンチンは絶対にダメ……それはわたしだけに」

そう言う美和子をかわいい女だと感じる。

「じゃあ、美和子さん、這ってくれないか？」

「はい……」

美和子はいったん結合を外して、布団に這った。

ストーブの火が映《えい》じて、仄白い尻が赤く染まっている。美和子はぐっと姿勢を低くして、尻を突き出してくる。

この膝を開いて、必要以上に尻を突き出す姿勢を、美和子は好きなのだと感じた。

もしかして、敵対していた義理の妹をプレーに招き入れているのも、宗則では窺《うかが》い知れないM的な感性がそうさせているのかもしれない。

宗則はその細腰をつかみ寄せて、いきりたちを打ち込んでいく。いまだに元気な分身が、蕩《とろ》けたような肉路に嵌まり込んでいって、

「ぁああ、いい！　お義父さまのおチンチン、気持ちいいです！」

美和子が誇らしげに言う。

宗則が腰をつかいだすと、

「んっ、んっ、んっ……ぁああ、すごいわ。お義父さまのおチンチン、いつも硬くて、逞《たくま》しい」

美和子が聞こえよがしに言う。

すると、莉乃が近づいてきた。

美和子のすぐ隣に来て、四つん這いになり、尻を突き出してきた。

それから、両手で尻たぶを開いたので、鮮紅色のぬめりがあらわになる。

「ああ、お義父さま……ください。お義父さまのお指をください」

そう言って、莉乃は尻をくねらせる。

宗則は右手を美和子の腰から離して、莉乃の尻を撫でる。すべすべしていて、桃のような魅惑的な形をしている。

ひろがった膣からとろっと透明な蜜がしたたり落ちるのを見て、宗則は人差し指と中指をからませて、赤い肉割れのなかに押し込んでいく。

溶けたような粘膜が容易に指の侵入を許して、

「ぁあうぅぅ……！」

莉乃が喘いで、あわてて口を閉ざす。

宗則はゆっくりと腰をつかいながら、それと同じリズムで右手の二本指で膣を抜き差しする。莉乃の体内から蜜がこぼれ、美和子の陰部に屹立が突き刺さっていき、

「あんっ……あっ……あんっ……」

美和子が低い声で喘ぎ、

「んっ……んっ……ぁあああ、いいのよぉ……」

莉乃もあからさまな声をあげながら、尻を突き出してくる。

未曾有の体験だった。自分は絶対にしてはいけないことを、している。

二人の夫である息子たちは二階で寝ている、まさに同じ屋根の下で、自分はその嫁たちと3Pをしている。

そう考えたとき、ふいに射精の前に感じるツーンとした予兆が走った。

(うん、出すのか？　こんなときに、俺は射精できるのか？)

二階への注意を払いながらも、宗則は徐々に打ち込みのピッチをあげていった。腰を打ち据えながら、同じリズムで莉乃の体内に指を打ち込む。

しばらくつづけていると、息が切れてきた。だが、明らかに三人の雰囲気は盛りあがっている。

これは、男女がクライマックスに達するときの空気感だ。

（イケる。出せるんじゃないか……）

宗則がたてつづけに深部へのストロークを送り込みながら、指で体内を激しく擦ったとき、二人の気配が逼迫してきた。

「あんっ、あんっ……イキます」

美和子が低く唸ったような声を出し、

「ぁあああ、莉乃も、莉乃もイクよ」

莉乃もそれに同調する。

その同調の波が、宗則をも支配した。

（来そうだ。来るぞ、来る……ようし、今だ！）

宗則はスパートする。これでイケなかったから、もう無理だろう。残っている力をすべて使い果たして力強く打ち込んだとき、宗則は確実に昂揚し、ふいに絶頂の波が押し寄せるのを感じた。

熱い男液が飛び散り、それを受けながら、美和子もエクスタシーに達し、莉乃も気を遣るのが、膣肉の痙攣でわかった。

宗則は痛烈な射精をしながら、圧倒的な至福で満たされていた。

脳天を突き抜けるような絶頂感がやがておさまり、あの賢者タイムが訪れた。

宗則はこの賢者タイムが嫌いで、射精をしたくないとまで思っている。しかし、今回は別格だった。自分が、雲の上で天使たちと戯《たわむ》れているようだ。

静かに横たわっていると、身繕いをととのえた莉乃が去り、美和子が額にちゅっとキスをして、部屋を出ていった。

やがて、二人が階段を二階へとあがっていく、かすかな足音の軋《きし》みが部屋にも届いて、宗則は倒錯的な快楽の残滓《ざんし》に酔いしれていた。

第六章　背徳の放出

1

一カ月後、宗則は美和子と一緒に、家の近くのスーパーで買い物をしていた。

崇史は二泊三日の出張で家を空けている。そこで、家事を済ませた美和子が、夕方前に早坂家にやってきた。

宗則と美和子のことを疑っていた崇史だが、

『じつはあのとき、お義姉《ねえ》さまに勇樹のことで、相談に乗ってもらっていたんです。あのとき、わたしたち離婚の危機で、すごい喧嘩していて、それをお義姉さまに止めてもらっていたので、一晩うちのマンションに泊まってもらいました。お義姉さまがお義兄《にい》さまに言わなかったのは、わたしたちがお義兄さまには知られたくないからと、口止めをしていたからなんです。お義兄さまがあの夜のことを疑っていると聞いたので、それは違うと言いたかったので……すみません。お騒がせしてしまって。お蔭様で、わたしたちは別れなくて済みました。お義姉さまのお蔭なんです』

莉乃に真摯な態度で打ち明けられて、崇史は考えをあらためたようだった。

今はもう家電に電話をすることはしなくなった。美和子は自分のほうから崇史のスマホに電話をするようにしていると言う。確かにそれなら、崇史も家に電話をかける理由はなくなる。

今も、こうして美和子と今夜の夕食の買い物をしていると、宗則は二人がまるで夫婦になったようで、胸がぽかぽかしてくる。

宗則は買い物籠《かご》を入れたカートを押し、前を歩く美和子が野菜や果物、肉類などを吟味《ぎんみ》しながら、籠に入れる。

そして、宗則は美和子と意見を交わしながら、そのすぐ後からついていく。

後ろから見ても、美和子はスタイルがいい。他の女性と較べても、腰が随分と高い位置にある。それだけ、足が長いということだ。

うちから車で十分のスーパーマーケットだから、近所の人に逢うかもしれない。だが、みんなは義父と娘とは見ても、まさか、二人に肉体関係があるとは絶対に思わないだろう。

それでも、宗則にはこれがもし長男の崇史に伝わったら、という不安はある。当然、美和子もそうだろう。だが、美和子はそんな不安はおくびにも出さず、宗則との買い物を心から愉しんでいるようだ。その性根の据わりようには感心してしまう。

二人は、夕食だけではなく、宗則がしばらくは自分で料理ができるようにと、レトルト食品も含めて大量の食料を購入した。レジを通したものを買い物袋に詰める役は美和子で、そのテキパキとした詰め方や、凜《りん》とした横顔に見とれてしまう。

宗則はカードで払い、美和子を手伝う。

美和子が買い物袋を二つとも持とうとするのを制して、ひとつずつ持つ。

そのままスーパーを出てすぐの百円均一の店で、美和子は宗則のために、円柱のごみ箱を二つ買った。家のごみ箱が古くなって、割れていたので、取り替えてくれるのだろう。細かいところまで見てくれている美和子の気遣いが宗則にはうれしい。

二人はそのショッピングセンターの駐車場に停めてあった宗則の車に乗り込んだ。今日は比較的空いていて、駐車場にも空きが多くある。

美和子が助手席に乗って、シートベルトを締めた。ニットの胸をベルトが斜めに締めて、セーターのふくらみが強調される。

視線を移して、車を出そうとしたとき、美和子が言った。

「お義父《とう》さまに言わなくちゃと思って、言えなかったことがあります」

「……何だ、あらたまって……怖いな」

「わたし、早く子供が欲しいんです。早坂家の子が……」

「それは、俺も欲しいよ」

「……これは、ここだけの話にしてください。じつは、崇史さん、造精機能障害なんです」

「えっ……何だ、そのゾーセイ何とか、というのは？」

「無精子症なんです」

「それって……精子がないってことか？」

「はい……」

愕然とした。

自分の息子が無精子症だなんて。そんなことがあってもいいのか？

「それじゃあ、崇史は父親になれないのか？」

「はい……」

「そんなはずはない。俺はちゃんと子供を作ったし……俺の息子が精子がないなんてありえない」

宗則は現実を受け止められなくて、パニックになりそうだ。

「わたしだって、最初はそう思いました。それで、再検査を要求したんです。でも、結果は同じでした……なかなか子供ができないので、二人で検査を受けたんです。そこで、わたしは問題なかったんですが、崇史さんの精液には精子が含まれていないことがわかって……その結果をわたしだけが聞きました。じつは、崇史さんには結果は伝えていません。自分が無精子症だなんて現実を突きつけられたら、きっとおかしくなってしまうと思ったので」

「……なるほど。確かに、それはあるな。男にとって、自分が精子を作れないというのは、自信喪失にもつながるだろうし」

「崇史さんには、二人とも異常はなかったという虚偽の診断結果を伝えてあります。でも、わたしは子供が欲しいんです。女として子供を産みたいんです。早坂家の子を……」

そう言って、美和子はまっすぐに見つめてきた。

その覚悟に満ちた表情で、美和子が何を考えているかがわかった気がした。しかし、まさかという気持ちもある。

「それって、ひょっとして……。まさか……？」

宗則は自分を指差した。それを見て、美和子が静かにうなずいた。

「俺なのか……俺の子が欲しいってことか！」

美和子が大きくうなずいた。

「冗談だろ？　無理だよ。わかってしまう」

「いえ、調べてもわかりません」

そのゆるぎのない自信に圧倒された。

「崇史さんも、お義父さまも血液型は同じA型です。わたしがお義父さまの子を身ごもったとしても、血液型ではその子供がお義父さまの子か、崇史さんの子なのかわかりません」

「DNA鑑定すれば……？」

「だから、それはさせなければいいんです。普通、身に覚えがあれば、しませんよね。それは、わたしのほうで調節できます。だから、お義父さまの精子が欲しいんです」

美和子が右手を運転席に伸ばして、宗則の下腹部に張りついているイチモツに触れた。

最近は美和子に少し触られただけで、条件反射のように分身が硬くなる。しかも、尋常でない硬さに。

「ほら、こんなにお元気。これなら、精子もお元気だと思うんです。いけませんか？」

美和子は助手席から右手を伸ばして、ズボンの股間を撫でてくる。それが充溢してくる悦びを感じながら宗則は、返事をためらった。

それはそうだろう。

実際に、美和子が宗則の子を宿したら……。それを知らずに、崇史は自分の子だと思って、育てることになる。

しかし、美和子がこの秘密を一生隠しおおせたのなら、崇史は今より幸せな人生を送ることができるのではないか？　部下との不倫も、子供ができたらおさまるのではないだろうか？

それに、息子が無精子症であるのは、そう作ってしまった自分の責任だ。

それが原因で、孫ができないのだから、これは自分が責任を取るべきではないか？　むしろ、孕《はら》ませるのがひとつの責任の取り方ではないか？

「今日は、排卵日なんです。崇史さんが出張に出ていて、おまけにわたしの排卵日なんて、そうあるものではありません。ですから……」

そう言って、美和子は宗則の左手をつかんだ。そして、フレアスカートをまくりあげて、そのなかへと宗則の手を導いた。

太腿までのストッキングを穿いていて、その絶対領域と呼ばれるすべすべの太腿があり、その奥に、パンティの感触がある。クロッチに指を触れた途端に、

「えっ……？」

宗則はびっくりして、美和子の顔をまじまじと見てしまった。

指先に、ビーッ、ビーッという振動が伝わってきているからだ。しかも、クロッチはすでに湿っている。

「これは？」

「……なかに、ローターが入っているんです。さっき、化粧室に行ったときに……これが、リモコンです」

美和子が渡してくれたのは、紫色の楕円形をした小さなもので、そこにスイッチが二つついている。

「上のスイッチがオンオフで、長押しすれば、強弱がつきます。下がリズムを変えるスイッチです。やってみてください」

宗則が上のボタンを長押しすると、

「ぁああ、強くなってきた……ぁああ、許して」

美和子が顔をのけぞらせて、足を開いた。そして、くなり、くなりと腰を揺する。

宗則はついつい下側のボタンも押す。すると、振動のリズムが変わったのだろう、美和子は腰をくねらせ、足を開閉して、

「ゴメンなさい。我慢できなくて……周りに人はいますか？」

「いや、いない」

宗則は周囲を見まわして、言う。

「すみません。周りを見ていてくださいね」

そう言って、美和子はフレアスカートをまくりあげて、足を開いた。

太腿までの透過性の強いストッキングが張りついていて、その上にはラベンダー色のハイレグパンティを穿いていた。その三角形の下端をひょいと横にずらすと、長円形の紐が出ていて、美和子はそこをつかんで、引っ張る。

すると、紫色の卵型のものが徐々に出てきて、やがて、スポンと抜けた。

美和子はその振動する紫色のローターを、パンティのクロッチを横にずらして、翳《かげ》りの底にある突起に擦りつけた。

「ビーン、ビーン……」

甲高い振動音が車内に響き、

「はうぅぅ……！」

美和子は顔を撥ねあげ、開いた足をさらにひろげて、ぶるぶる震えはじめた。

宗則は誰か見ている者はいないかと気が気でなく、時々外を見る。だが、駐車場に人影はない。

「ぁああ、お義父さま……イキたいんです。イカせてください……もっと強くして」

宗則がスイッチを強にしていくと、振動が激しくなったのだろう、

「ああ、イッちゃう……お義父さま……」

美和子はローターを左手に持ち替えて、右手を運転席に伸ばした。そして、宗則のズボンを突き上げる肉柱をぎゅっとつかんできた。

「あああ、これが欲しい」

美和子が訴えてくる。

「わかった。ここじゃ、無理だ。帰ってすぐにしよう」

「オルガスムスを何度も迎えたほうが、妊娠しやすいと聞きました。だから、何度もイカせてください」

「よし、イッていいぞ」

宗則はスイッチを最強にした。そして、リズムも変える。すると、そのリズムがよかったのか、美和子が急速に昂《たかぶ》っていくのがわかった。

「ぁああ、お義父さま……イキそうです」

美和子が片足をダッシュボードにかけて、足がガニ股になるほど開いた。フレアスカートがはだけて、紫色の楕円体をクリトリスに押し当てているところが丸見えになっていた。左右の太腿が小刻みに震えている。息づかいも逼迫してきた。そして、ついに、

「ぁああ、イク、イキますうぅぅぅ……！」

美和子はのけぞり、がくん、がくんと腰を前後に打ち振った。

2

早坂家に到着して、二人は買い物袋を抱えて、家に入る。

美和子は足元が覚束《おぼつか》ない。膣にローターがおさまって、振動をしているからだ。

二人はキッチンで、野菜や果物、肉類などを取り出し、冷蔵庫にしまい、整理がひととおり終わったところで、宗則はキッチンで美和子にキスをする。

もう一刻も我慢できなかった。

抱き寄せて、唇を重ねると、美和子は上気した顔でそれに応えて、唇を合わせる。舌を差し込むと、すぐに美和子は舌をからめてくる。徐々に激しさを増して、甘く鼻を鳴らした。

宗則もキスに応えながら、スカートの上から股間を触ってみた。すると、そこがジーッ、ジーッ、ジーッと小刻みに振動している。

こんなもので絶えずオマ×コを刺激されたら、どんな女であろうとも、セックスしたくなってしまうに違いない。

美和子は早坂家の子供を産みたいのだと言った。崇史には子種《こだね》がないから、宗則の種が欲しいと。

それなら、協力してもいいのではないか？　いや、むしろ積極的に協力したい。

何より、ただちにここで美和子を貫きたい。

二人を邪魔するものがほぼすべて取り除かれたという思いが、宗則の気持ちを大きくしていた。

キスを終えて、言った。

「美和子さん、寝室まで待てない。ここでしよう」

「……夕食が遅くなりますよ」

「それでも、かまわない。せっかく、ここがこうなっているんだ」

美和子の手を取って、股間に導いた。

すると、美和子はそのふくらみを情感たっぷりにさすりながら、前にしゃがんだ。

ズボンのベルトをゆるめ、ズボンとブリーフを足先から脱がせてくれる。

転げ出てきた肉柱はすでにむっくりと頭を擡げていて、六十六歳の自分がいまだにこんな角度で勃起できることを、誇らしく感じる。

「すごいわ……これなら、絶対に大丈夫です」

「そうだと、いいんだが……」

「大丈夫ですよ。ああ、大きくて、硬いわ……立派です」

そう言って、美和子は宗則の分身をそっと握り込み、その硬さを確かめるようにゆっくりとしごく。それから、亀頭部にちゅっ、ちゅっとキスをし、裏すじの発着点である包皮小帯を舌先でちろちろ舐めながら、見あげてきた。

前髪をかきあげ、宗則をアーモンド形の目で見つめつつ、いっぱいに出した舌で亀頭冠の真裏をくすぐってくる。

「ああ、気持ちいいぞ。美和子さん……あなたは最高の女だ」

もたらされる快感に、宗則はうっとりとして言う。

すると、美和子ははにかんだ。含羞《がんしゅう》を浮かべながらも、裏すじを舐めおろしていく。ぐっと姿勢を低くして、睾丸まで舐めてきた。

垂れている皺袋の皺を伸ばすかのように丁寧に舌を走らせる。片方の睾丸を口に含み、その状態で見あげてくる。

目が合うと、恥ずかしそうに目を伏せる。しかし、睾丸は頬張ったままで、なかで舌をからめてくる。

美和子は左右の睾丸をあやし終えると、また裏すじを舐めあげ、そのまま上から唇をかぶせてきた。ギンとした肉柱にゆっくりと唇をすべらせて、根元まで呑み込んだ。

そして、なかで舌をからめてくる。ストロークはせずに、顔の角度を変えながら、勃起の裏側や側面にまったりと舌をからめ、擦りあげてくる。

いったん吐き出して、こくっと唾を呑み、また根元まで頬張る。今度は顔を右に傾けて、ゆっくりと顔を振る。

すると、向かって右側の頬がぷっくりとふくらみ、その瘤が短い距離を往復する。

亀頭部が頬の内側の粘膜で擦られて、気持ちがいい。

物理的な快感よりも、美和子のようなととのった顔をした美人が、顔が歪むのを承知で、献身的にハミガキフェラをしてくれることの精神的な満足感が大きかった。

美和子は左右の頬にたっぷりと擦りつけてから、まっすぐにストロークをする。

最初はゆっくりとした動きだったが、徐々に速まり、最後は、大きく速く、唇で肉棹をしごいてくる。

「んっ、んっ、んっ……！」

何かにとり憑かれたように、激しく唇と舌で勃起を摩擦する。

ぴっちりと唇を締めているので、カリの内側に柔らかな唇や舌が入り込み、引っ掛かり、それが包皮を使って手淫しているときのような快感を生む。

「ああ、気持ちいいぞ。美和子さん、上手だ……おおうぅぅ」

思わず吼《ほ》えると、美和子はいったん吐き出して、見あげてきた。

「出しては、いけませんよ。もったいないですから」

「ああ、そうだったな。大丈夫だ」

「出そうだったら、言ってくださいね。やめますから」

「わかった」

美和子はまた頬張ってきた。

今度は根元を握り込み、包皮をぐっと下へと引っ張った。完全に包皮が剝けて、そのずる剝けになった箇所を、唇と舌で摩擦されると、ぐっと快感が高まる。

やはり、雁首《かりくび》だ。その出っ張りとくびれを柔らかなもので摩擦されると、否応なく気持ち良くなってしまう。

「んっ、んっ、んっ……」

美和子は根元を握りしごきながら、顔を打ち振る。

手しごきをやめて、口だけで、つづけざまに雁首を小刻みに往復されると、ジーンとした痺れに似た快感がうねりあがってきた。

「ダメだ。出てしまう」

思わず訴えると、美和子はちゅるっと吐き出して、宗則を見あげてきた。

その潤みきった瞳が、これを早く欲しいと訴えている。

だが、その前に、宗則はやってみたいことがあった。

「美和子さん、ブラジャーを外して、パンティも脱いで」

指示をする。

美和子は戸惑っていたが、基本的にMだから、男の指示には逆らうことはしない。

春用の半袖ニットの背中に手を入れて、ブラジャーのホックを外し、器用に肩紐を外して、ブラジャーだけを抜き取っていく。

それから、フレアスカートをまくりあげて、ハイレグパンティをおろして、足先から抜き取る。

「美和子さんのあそこがどうなっているか見たい。キッチンにあがって、こちらに向けて、足を開きなさい」

「でも……キッチンが汚れますよ」

「大丈夫だ。うちの主は俺だ。その俺がいいと言っているんだから」

言うと、美和子はしぶしぶうなずいた。

早坂家にはL型のシステムキッチンが設置してあって、そのシンクの横の調理をする台を、美和子はきれいに片付けた。

それから、ストッキングは衛生上良くないと感じたのだろう、左右の太腿まであるストッキングを丸めておろして、足先から抜き取った。

その状態で、おずおずとキッチンにあがり、こちらを向いた。

「足を開いて……開きなさい」

命じると、美和子はおずおずと足を開いていく。フレアスカートがたくしあがって、長い太腿が見え、さらに開くと、ハの字に開いた足の中心に黒々とした翳りとともに、変色した女の園が見えはじめた。

「もっと!」

「はい……!」

美和子がぎりぎりまで足を開いた。大きくM字開脚して、顔をそむけている。フレアスカートはまくれあがって、中心の翳りとともに花肉があらわになっていた。そのぷっくりした肉びらの隙間から紫色の紐が出ている。

宗則は顔を寄せて、紐を引っ張ってみる。すると、卵形のローターの先が姿を現して、それはビーッ、ビーッと唸りながら、振動を伝えてくる。

「ああ、恥ずかしいわ……」

美和子がますます顔をそむける。

「取るよ」

宗則が力を込めて引っ張ると、にゅるっとローターが抜けた。抜けてもなお、蜜まみれのローターは震えつづけている。

「これを、クリトリスに当てると、気持ちいいんだったね?」

確認すると、美和子は怯えたような顔でうなずく。

「じゃあ、やってごらん」

宗則が紫色のローターを渡す。美和子はそれをつかんで、おずおずとクリトリスに押し当てる。

しばらく我慢していたが、やがて、こらえきれなくなったのか、内腿をぶるぶると震わせて、

「ああ、ダメです。お義父さま、イッちゃいます。イッちゃいます」

今にも泣きださんばかりの表情で、訴えてくる。

「ダメだよ、まだイッては……」

宗則は美和子からローターを奪った。そのとき、ふいに思いついたことがある。

「さっき、確かズッキーニを買ったよね」

「はい……今夜、チーズと重ねて焼こうと思って」

美和子が答えた。

「どこにある？」

「冷蔵庫に……」

宗則は冷蔵庫から、ズッキーニを取り出して、それをよく洗った。見れば見るほど男根に似ている。大きさも形も。

水滴を切って、それを美和子に手渡した。

「これで、やってごらん」

「でも、恥ずかしいわ」

「いいから、やってごらん。ちゃんと見ているから」

「したら、それをいただけますか？」

美和子が、宗則の股間でいきりたっているものを見た。

「もちろん。ちゃんとあげる。その前に、美和子がズッキーニでズボズボするのを、見てみたい」

「はい……したら、くださいね」

「もちろん」

美和子はズッキーニを手に取り、それを舐めて、濡らす。

ズッキーニはキュウリに形は似ているが、表面にイボイボはなく、つるっとしている。これなら、粘膜を傷つけることもない。

形は基本的にまっすぐだが、お尻のほうが少しふくらんでいて、ここを亀頭冠とみなせば、じつに男根によく似ている。サイズもほぼそのままだ。

美和子は深緑色のズッキーニを縦にして、下から舐めあげる。まるで、男根を舐めているようで、宗則は昂奮した。

ズッキーニを唾液まみれにすると、美和子はそれを身体の中心に押し当てた。

スカートをまくりあげて、足を大胆にM字開脚している。

美和子は下を見ながら、ズッキーニの太い部分を花肉の狭間に押し込んでいく。緑色の野菜がずぶずぶっと嵌まり込んでいって、

「ぁあぁ……」

美和子が顎をせりあげる。

しばらくそのままじっとしていたが、やがて、右手でズッキーニをつかんで、ゆっくりと抜き差しをする。ぐちゅ、ぐちゅっと淫靡な音がして、透明な蜜があふれだし、システムキッチンに乗っている足の親指が、ぐぐっと反りかえる。

抜き差しされるズッキーニに白濁した蜜が付き、妖しく光っている。

そして、美和子は右手で出し入れしながら、左手でニットの胸をつかんだ。荒々しく揉み込んでいたが、やがて、ニットをたくしあげた。

形のいい、仄白い乳房がこぼれでて、美和子はそのあらわになったコーラルピンクの乳首をつまんで、くりくりと転がし、天井をかるく指で叩いて、

「ぁあぁあ、気持ちいいんです……へんなんです。最近、おかしいんです。家にいても、お義父さまのアレが欲しくなって、自分でしてしまうんです。お義父さまがいけないんですよ。わたしをその気にさせて、ちっとも逢ってくれないから。だから、わ

たしもう……ぁあああああ、欲しい。お義父さまのオチンポが欲しい」

美和子は右手でズッキーニを抽送して、左手で乳首を捏ねる。

「ぁあああ、イッちゃう……その前に、早坂先生のオチンポが欲しい。入れてください。美和子のオマンマンに入れてください。本物が欲しいんです」

美和子は甘えたような言い方で、宗則を潤みきった瞳で見つめてくる。

3

美和子をキッチンからおろして、シンクのところを両手でつかませ、腰をぐいと後ろに引き寄せた。

フレアスカートを完全にまくりあげると、肌色のヒップがまろびでてきた。

このヒップの豊かさが、美和子の身体の特徴だろう。胸はちょうどいい大きさで、Dカップくらいだが、尻はバランス的に大きい。バンと横に張って、丸みも豊かだ。

乳房の割に、ヒップが大きい女性は性的に貪欲だという説を聞いたことがある。美和子の場合、これに当てはまる。

性格は素直で、しっかりしているが、思っていた以上に性欲は強いのだろう。今も日頃の美和子からは想像できないようなあからさまな格好で尻を突き出して、男根の侵入を待ちわびている。

いきりたちを尻の谷間に添っておろしていき、沼地をさぐると、美和子は自分から少し足を開いて、受け入れやすいようにする。

宗則は腰を引き寄せながら、慎重に押し込んでいく。

猛りたつものが窮屈な入口を突破して、熱く滾《たぎ》る粘膜を押し広げていき、

「はうぅぅ……！」

美和子ががくんと顔を撥ねあげた。

「おっ、くっ……！」

と、宗則も奥歯を食いしばる。

そうしていないと、洩らしてしまいそうだ。いや、自分は遅漏なのだから実際には射精はしないだろうが、そう予感させるほどに、美和子の膣は具合が良かった。

まだ何もしていないのに、内部の粘膜がうねうねとうごめいて、侵入者を奥へ、奥へと引きずり込もうとする。奥のほうも亀頭冠にまったりとからみついて、早くも精液を搾り取ろうとする。

宗則はしばらくじっとして、昂りがおさまるのを待った。

それから、ゆっくりとストロークをはじめる。

「あっ……あっ……ぁああ、気持ちいい……お義父さま、気持ちいいんです」

美和子が身体をねじって、肩越しに宗則を見る。

「俺もだ。俺も気持ちいいよ」

「ああ、幸せです。この家のキッチンで、こんなことができて……」

「そうか……俺もここでするのは初めてなんだぞ」

「えっ……じゃあ、お義母《かあ》さまとは？」

「していなかったな。キッチンでもお風呂場でも、寝室以外ではしたことがないんだ。江里子は若い頃は教員をしていたし、真面目な女だったが、そういう面白みには欠けたかな」

「すみません。わたしが初めてで」

「いいんだ。俺も教員だったが、セックスに関しては不良だった。妻以外の女とはいろいろなことをした。だから、美和子さんも自分を抑えないで、奔放なところを出してくれ。そのほうが、俺も昂奮するんだ」

そう言って、宗則は後ろから、腰を引き寄せながら、打ち込んでいく。

ゆっくりと浅瀬を往復させると、

「ぁああ、気持ちいい……いいの……ぁあああ、蕩ける」

美和子は心底から感じている甘い声を放ち、もっととばかりに尻を突き出してくる。

もう少し深いところに欲しいのだろうなと、徐々に深度を増していく。ズブッ、ズブッと埋め込んでいくと、反応が変わってきた。

「あんっ……あんっ……ぁあああ、気持ちいい……お義父さま、気持ちいいんです……ぁあああ、あうぅぅ」

と、自分から腰をさらに突き出して、もどかしそうに振る。

「どうした？　もっとしてほしいんだな？」

「はい……強くして……ください」

「そのほうが感じるんだね？」

「はい……ズンッと突かれると、訳がわからなくなる」

「こうかな？」

宗則はつづけざまに打ち据えた。ズンッ、ズンッ、ズンッと奥まで届かせると、

「あっ……あっ……あっ！　ぁああ、許して……ダメ、ダメ、ダメ」

美和子の様子が逼迫してきた。

ステンレスの流し台の縁に必死につかまって、さしせまった声をあげながら、背中

を大きくしならせる。

宗則はもっと強く打ちこみたくなって、美和子の右腕を後ろに引っ張る。

すると、美和子は右手を真後ろに引かれた状態で、左手でシンクにつかまって、

「ぁああ、来ます……苦しい。奥を突かれて、苦しい……」

訴えてくる。

「やめようか？」

「いいえ……もっとして。イケないわたしをメチャクチャにして！」

「美和子はイケない子なのか？」

「……イケない子です。今、イケないことをしているでしょ！」

「そうだな。美和子はイケない子だ。俺の英語のリーディングを聞きながら、あそこを手で押さえていた。それが、感じたんだね？」

「はい……ぐっと押さえているだけで、ジーンとして」

「いけない生徒だ。教師の声をオカズに教室でひそかにオナニーしていた。今も、義父の家で、イケないことをしている……お仕置きしなくてはね」

宗則は右腕を引っ張りながら、肉棹を激しく叩き込む。そうしながら、左手で尻たぶをぎゅうとつかむ。色の変わった尻たぶを今度はかるく叩く。

平手でつづけざまに尻を張ると、

「あうぅぅ……！　あうぅぅ……！」

美和子はびくっとして、細かく震えていたが、やがて、

「ああ、もっとして……もっとしてください」

みずから尻を左右に振る。

宗則はつづけざまにスパンキングして、仄白い尻たぶが赤く染まると、今度はウエストをつかみ寄せて、激しく勃起を叩き込んだ。

「ぁああ、すごい……お義父さま、すごい、すごいのよ……あんっ、あんっ、あんっ……ぁああ、イキそうです。わたし、もうイッちゃいます」

美和子が訴えてくる。

「いいぞ。イッていいぞ」

「ああ、お義父さまも……お義父さまの精子が欲しい。ください。ください……ぁあああ、イキます」

宗則がここぞとばかりに連打したとき、

「イキます、いやぁああああああぁぁぁ！」

美和子が嬌声を放って、のけぞり返った。それから、がくん、がくんと腰を前後に

振った。

宗則も放ちたかった。だが、まだイケない。

やはり、この体勢で射精するのは、難しい。

「ゴメン。射精できなかった」

言うと、美和子はうなずいて、

「夜に正常位でしましょう……そのほうが、受胎する可能性が高いと思います」

と、冷静に言う。

「そうだな。まずはシャワーを浴びてから、食事にしようか」

「はい……」

美和子はうなずいて、バルスームに向かった。

4

食事を終えた宗則はしばらく休み、先に風呂に入った。そして、二階の角部屋で、美和子がバスからあがってくるのを待っている。

ここはかつての夫婦の寝室だった。

ひとり残されてから、階段をあがるのが面倒で、一階の和室を寝室に使うようになった。

元の夫婦の寝室にはいまだに当時使っていたダブルベッドが置いてあり、化粧台も設置されたままだ。

ここを使う気になったのは、美和子を自分の妻として扱いたかったからだ。

事情を話すと、

『お義母さまに申し訳ないような気がします。でも、妻として扱っていただけるのは、すごくうれしいです』

美和子はそう言って、承諾してくれた。

宗則も若返ろうと、今夜はパジャマを着ていた。

美和子が夕食にニンニクを使ってくれたので、おそらくあそこの勃《た》ちもいいはずだ。

六十六歳になっても健康面では、どこと言って悪いところはない。

妻を亡くして、老け込みそうになったが、美和子が通ってくれて、それで元気を取り戻した。とくに、美和子を抱くようになってからは、体調が良くなった。

もし精子が衰えていたら、子供にも弱いところが出そうな気がする。しかし、今、宗則は体調万全だから、それも気にならない。

それに、芸能人でも六十代で子供を作った男優はたくさんいる。確か、上原謙は七十一歳で第二子を作ったはずだ。

父親が年取ってからできた子供が、体が弱くて、という話も出てきていないから、おそらく健康で育っているのだ。

赤子が成人するときは、自分は八十五歳になるはずだが、戸籍的には崇史の子供であり、崇史も自分の子供として育てるのだから、宗則の経済力がなくとも、何ら問題はない。

カッコウの托卵《たくらん》のようで、無責任とも言える。が、美和子は宗則の子供を作りたい、育てたいと言っているのだから、美和子にはプラスになるはずだ。

だいたいこのままでは、美和子は子供も出来ない。そうなると、離婚の問題も出てくるだろう。崇史と美和子が幸せな家庭生活を送れるとは到底思えない。

それを考えたら、宗則が美和子を妊娠させるのは、とても大切なことで、むしろ、二人が夫婦生活を保つためには必要なことだとさえ思えてくる。

宗則が使命感に燃えていると、足音が近づいてきて、ドアが開いた。

臙脂色のガウンをはおった美和子が、ゆっくりと近づいてきた。ベッドで仰臥して顔だけ向けている宗則に近づきながら、ガウンの結び目を解き、脱いだ。

ハッと目を見開いていた。

この夜のために用意したのだろう、美和子は赤い総レースのスリップのようなものを着ていた。

部屋全体の照明は消えて、スタンドの明かりだけが、赤い刺しゅうからのぞく白い肌や濃いピンクの乳首、下腹部の黒々とした翳りを浮かびあがらせている。

美和子は静かにベッドにあがり、宗則の左腕に頭を置き、横になって、宗則にしがみついてきた。

宗則は腕枕しつつ、ぎゅっと抱き寄せる。すると、美和子は横臥して、乳房をスリップ越しに押しつけながら、片方の足を曲げて、宗則の股間を擦ってくる。

その誘惑的な所作と、甘えるような表情に、宗則のイチモツはパジャマの下で力を漲らせる。

やがて、美和子はパジャマのボタンをひとつ、またひとつと外し、下着の下に手をすべりこませて、じかに乳首をとらえ、ゆるゆると擦る。そのまま、手をおろしていき、パジャマの上から股間をさすってきた。

たちまちエレクトした分身を、美和子は情熱的に撫で、握ってしごいた。

そこで、宗則はどうしても気になっていることを訊いた。

「たとえば、俺の子を孕んだとして、もしその時期に崇史とセックスしていなければ、崇史だって不審に思うんじゃないか？」

美和子が勃起をじかに握って、答えた。

「そこは……触れないでほしかったわ」

「ということは、やはり、近いうちに崇史ともするってことだね？」

「……仕方ないです。したくなくとも、しないと、自分の子だとは思わないでしょ？」

「そうか……」

近々、美和子は崇史を受け入れて、中出しをさせるのだ。

そのシーンを想像してしまい、居たたまれないような胸が焼けるような気持ちになった。それが何だか知っている。嫉妬だ。

(俺は、崇史と美和子に嫉妬するのか！)

二人は夫婦だから、夫婦の営みを持つのが普通だ。しかも、崇史は自分の息子である。結婚後の四年間で、二人は数えきれないほどに情を交わしているだろう。

これまでは当たり前だと思っていた。しかし、今は違う。

もしこの中出しが上手くいけば、美和子はひさしぶりに崇史に抱かれるのだ。そして、崇史の精子のない精液を中出しされるのだ。

そうしてほしくないという気持ちと、嫉妬心といろいろなものが入り交じって、宗則は自分が攻撃的になるのを感じた。下腹部のものがギンとしてくる。

身体を入れ換えて、美和子を仰臥させ、自分はパジャマのズボンとブリーフを脱いだ。シャツの下着だけの格好で、折り重なるようにして、キスをする。

ついばむようなキスがやがて情熱的なディープキスへと変わり、舌をからめて、吸い合う。

そのままキスをおろしていき、赤いスリップの胸のふくらみへとたどりつく。赤い総レースの編み目から仄白い乳肌と中心の突起が透けだしていて、ふくらみを揉みながら、頂《いただき》にキスを浴びせる。

ちゅっ、ちゅっとついばむと、美和子は敏感に応えて、

「あっ……あっ……」

と、喘ぎ声をスタッカートさせる。

網の目越しに乳首に触れると、その微妙な感触が心地いいのか、

「ああ、あああ、欲しくなります」

と、下腹部をせりあげる。

宗則はもどかしくなって、肩紐を外し、スリップを押しさげた。形のいい乳房がこぼれでてきて、

「ぁあああ……」

美和子は反射的に乳房を手で隠そうとする。その手をつかんで、頭上に持ちあげて押さえつける。

「右手で左の手首を持ってごらん」

甘く囁いた。

美和子は驚いたようだったが、すぐに「はい」と答えて、指示どおりに動いた。

今、美和子は頭上で自分の手首をつかみ、両手で丸を描くような姿勢を取っている。両腋《わき》があらわになって、乳房もさらけだされている。その無防備な形が羞恥心をもたらすのか、美和子は顔をそむけている。

それでも、次第に呼吸が荒くなっているのは、この姿勢を取ることによって、性的に昂っているからだろう。

宗則は乳房を荒々しく揉みしだき、その頂に顔を寄せた。

口に含むようにして、れろれろと舌をからませる。頰張るようにして吸うと、

「ぁあああうぅ……！」

美和子は大きく顔をのけぞらせて、艶《なま》めかしい喘ぎをこぼす。

乳首を存分に舐め転がしてから、腋の下へと舌を這わせた。

剃毛《ていもう》されて、つるっとした腋の窪みにキスを浴びせ、舐める。

「ああ、いや……恥ずかしい。そこ、恥ずかしい……」

美和子が嫌々をするように首を振る。それでも、舐めつづけ、二の腕へと舌を這わせていくと、

「ぁあああうぅ……」

美和子の洩らす声の質が変わった。

「気持ちいいんだね？」

「はい……お義父さま、それ、ぞくぞくします。気持ちいい……はうぅ」

美和子は大きくのけぞりながらも、決して、手を放そうとしない。頭上で、手首をぎゅっとつかんでいる。時々、痙攣がさざ波のように、染まりかけた肌を走る。

宗則は二の腕から脇腹へと舐めおろしていく。

「あああ、ダメぇ……」

くすぐったいのか、美和子が身をよじる。

赤い総レースのスリップが張りつく太腿を撫であげて、ぐいと足を持ちあげる。

M字開脚された足の奥に、黒々とした翳りがのぞき、その下で女の証《あかし》が鮮紅色のぬめりをのぞかせていた。

「ぁああ、いや……恥ずかしい」

美和子が太腿を内側によじる。だが、両手は依然として頭の上でつないでいて、放そうとはしない。言いつけを守っているのか、それとも、こうやってすべてをあらわにしているその羞恥を心の底で愛しているのか。

宗則は翳りの底に吸いついて、肉びらをまとめて吸引した。

「ぁああ、いやいや……」

美和子はそう言うものの、本気でいやがっているようには見えない。

肉びらを吐き出して、狭間を舐めた。ぬるり、ぬるりと舌を走らせると、粘膜が徐々にのぞいてきて、そのスモークサーモンを思わせる赤味が宗則を昂奮させる。

きっちりと感じさせて、イッてほしい。

同時に、宗則も今回だけは何があっても射精したい。精液を美和子の子宮に送り込みたい。

美和子がオルガスムスを迎えたほうが、妊娠しやすいと言ったのは、絶頂に達したときに子宮が精液を欲しさにおりてくるからだろう。それを考えるなら、イカせて、イキたい。

くるりと剝いた肉真珠を徹底的に舐めた。

上下左右に舌を走らせ、吸い、舐め転がした。それをつづけていくと、肉真珠は極限までふくらみ、赤味を増して、

「ぁああ、イッてしまう。その前に、ください。お義父さまの立派なオチンポをください」

美和子は両手を頭上でつないだまま、もの欲しそうに下腹部をせりあげる。

「その前に、これをしゃぶってくれないか？　そのほうが、射精できると思うんだ」

宗則が求めると、

「はい……」

美和子が答えて、宗則を仰臥させ、足のほうから頬張ってきた。

気持ちが急《せ》いているのだろう、細かい前戯は省いて、いきなり頬張ってきた。ぐっと奥まで咥えて、ゆっくりと唇をすべらせる。

何度か繰り返してから、宗則を見あげながら、包皮小帯を舐めてくる。裏すじの発着点を集中的に舌で刺激し、キスをする。

そのまま舐めおろしていき、また舐めあげてくる。そうしながら、睾丸を指でやわ

やわとあやしてくる。

それが完全勃起すると、根元を握ってしごきながら、余っている部分に唇をかぶせて、小刻みにしごいてきた。

「おおぅ、気持ちいいぞ……ぁああ、ダメだ。出てしまう！」

思わず訴えると、美和子はちゅるっと吐き出した。

すぐさま、宗則をまたいで、つかんだ肉柱をあてがい、亀頭冠を濡れている狭間になすりつけるようにして前後に揺する。

それから、慎重に沈み込んでくる。

猛りたつものが窮屈な箇所を突破して、粘膜の筒を押し広げていき、

「ぁあああ……！」

美和子は顔をのけぞらせる。

両膝をぺたんとシーツについて、腰を前後に波打たせる。勃起がすっぽりと根元まで包み込まれて、粘膜で揉みくちゃにされる。

そのぐにゅぐにゅとまとわりつきながら、全体を揉みしだかれる感触がたまらなかった。

「ぁああ、気持ちいい……最近、ますます感じるんです。お義父さまとするようにな

って、どんどん感じるようになって……今も……ぁあああ、ゴメンなさい。腰が勝手に動く……ぁああ、恥ずかしい」

美和子は両手を後ろに突いて、足をM字に開き、のけぞるようにして、腰をつかいはじめた。

くいっ、くいっと前後に揺すって、気持ち良さそうに顎をせりあげる。

シースルーの赤いスリップは腰にまとわりつき、乳首も見えている。そして、M字開脚した太腿の奥では、自分のイチモツが美和子の体内に突き刺さっていくさまが、はっきりと見える。

「よく見えるよ。俺のチンポがきみにズブズブ埋まっている。丸見えだ」

「ああ、恥ずかしい……言わないで……言わないでください……ぁあああ、ぁあああああ、止まらない。腰が勝手に動くの」

美和子は前に屈んで、両手を宗則の胸板に突き、静かに腰の上げ下げをはじめた。

腰の上下動が徐々に速く、大きくなり、

「あんっ……あんっ……あんっ……ぁあああ、気持ちいい……突き刺さってくる。お義父さまのオチンポがわたしのなかに……」

美和子があからさまなことを口にして、ますます激しく腰を上下動させる。

普段は気品のある美和子が、閨の床で露骨なことを口にしてくれる。それで、宗則も昂る。それをわかっていて、美和子はオチンポなどと言ってくれるのだろう。

髪が揺れて、乳房も波打つ。自分の勃起が美和子の翳りの底に、埋まっている。

宗則は昂奮した。だが、この体位では射精できない。

あまりいろいろなことをしても、射精前に体力を使い果たしてしまう。放つにもエネルギーが要る。まだ燃料が残っているうちに、きっちりと決めたい。

宗則は腹筋運動の要領で上体を起こし、背中を支えながら美和子を仰向けに倒した。足が下に入っている状態で、突き上げてやる。そうしながら、美和子に自分でクリトリスを触るように言う。

すると、美和子はやや下から膣を突きあげられながら、みずから翳りの底の陰核をさがして、くりくりと捏ねる。

あふれでている蜜をなすりつけて、丸くなぞり、トントンと細かく叩く。それをつづけているうちに、高まってしまったのだろう、

「ああ、ダメっ……お義父さま、まだイキたくないの」

美和子が訴えてくる。

宗則は膝を抜いて、正常位で美和子を攻める。妊娠させるには、この体位だろう。

精液が自然に子宮に届くはずだ。

　前に倒れていき、覆いかぶさるようにして、唇を重ねる。

　キスをしながら、腰をつかうと、

「んんんっ、んんんっ……ぁあああ、気持ちいい。お義父さま、好き」

　と、キスをやめた美和子が足を腰にからめて、宗則を引き寄せる。そのしどけない所作に昂り、乳首を下で転がし、乳房を揉みしだきながら、腰をつかった。

「きみのなかに出したいんだ。俺を昂奮させてくれ。言葉でかきたててくれ」

　思いを伝える。

「あん、あんっ、あんっ……ぁああ、お義父さまのオチンポがわたしを突いてくるの。苦しい。大きすぎて、苦しい。届いているのよ。子宮に当たっているの。大きいのに、カチカチなのよ……早坂先生のオチンポ、大好き。形も感触も大好き。おしゃぶりしていても、感じてしまうの。きっとわたし、目隠ししてオフェラしても、どれが先生のものか当てられると思うの。それだけ、わたし、先生を愛しているのよ……ぁああ、胸を揉んでください。揉みながら、ガンガンください。子宮が破れちゃうくらい、いっぱいください。ああ、そうです。ぁああ、すごい、すごい……強すぎる。お義父さまがわたしを狂わせるのよ。いけない人だわ、わたしをおかしくさせるから。ぁああ、もっと、いじめて。支配されたいの。強い人に支配されて、何でも言うことを聞くの。それが高校生からのわたしの夢……ぁあああ、そうよ、そう……ぁあああ、おかしくなる。おかしくなるのよ……あうぅぅ」

宗則がたてつづけにえぐると、美和子はさっきのように両手を頭上でつないで、乳房と腋の下をあらわにした状態で、獣染みた声を洩らし、のけぞる。

体重を乗せたストロークを叩き込んでいるうちに、宗則も射精前に感じる下腹部の熱さを感じた。どんどんふくらんでいこうとしている。

それがある程度ふくらんだから、あとは自然に射精できる。

そのためには、もっと強い刺激が欲しい。

宗則はすらりとした左右の足を肩にかけて、ぐっと前に屈む。赤いスリップがまとわりつく肢体が腰から鋭角に折れ曲がって、

「ぁあうぅぅ……」

美和子が顔をしかめた。

「つらいか？」

美和子が首を横に振る。苦しいはずだが、こらえているのだろう。

「深く入って、すごく気持ちがいいんだ。つらくても、我慢してくれ。いいな」

言い聞かせると、

「はい……思う存分、突いてください。わたしを支配して……好きな色に染めてください……ぁあああ、イキそうです。お義父さま、ちょうだい、ちょうだい」

美和子が訴えてくる。

「おおぅ、美和子……俺の子供を産んでくれ！」

宗則はスパートした。残っている力を振り絞って、強く叩き込む。

ぐっと前傾しているので、顔のほぼ真下に美和子の顔がある。千々に乱れた黒髪が扇のように散り、美和子は眉根を寄せて、打ち込みを受け止めている。美貌を歪めて、昇りつめたがっている。

宗則は息を詰めて、上から叩き込む。

「あんっ、あんっ、あんっ……ぁあああ、イキそうです……宗則さんも一緒に……一緒にイキたい……ぁあああうぅ」

美和子が初めて自分を下の名前で呼んでくれた。宗則はそのことに心揺さぶられながら、最後の力を振り絞る。

たてつづけに上から打ちおろし、途中でしゃくりあげる。

こうすると、美和子も宗則も気持ちいい。

しゃくりあげて奥まで届かせたとき、子宮口あたりの粘膜が亀頭冠にまとわりついてきて、それが途轍もない快感を生む。

「おおぅ、出そうだ。美和子さん、出すぞ」

「ぁあああ、ください……お義父さまの精子をください……あんっ、あんっ、あんっ……ぁあああああ、イキそう。わたしもイキます！」

「いいぞ。そうら、イケよ。イクんだ。ぁおお、俺も……俺も……」

たてつづけにえぐりたてた。ぐりっと頭部で子宮口を捏ねたとき、射精前に感じる解放感の予兆があって、

「ぁああ、出る……そうら、イケ！」

最後にもう一度押し込んだとき、

「ぁあああ、イキますぅ……いやぁあああああぁぁぁぁ！」

美和子の嬌声が部屋に響きわたり、次の瞬間、宗則も放っていた。

下半身が焼けて、脳天がぐずぐずになるような電流が背中を貫いていき、宗則は尻をがくがくと痙攣させていた。

第七章　ふしだらな企《たくら》み

1

一カ月が過ぎた頃、スマホに美和子から電話がかかってきた。

「お義父《とう》さまにうれしいお知らせがあります」

電話の向こうでそう話す美和子の声が弾《はず》んでいる。

「どうした？　また、うちに来られそうか？」

「……いえ、そうじゃなくて……」

美和子が少し間を持たせて、ズバリと言った。

「妊娠しました」

「えっ、美和子さんがか？」

「はい……生理が来ないし、熱っぽいので、今日、産婦人科に行ってきました。妊娠六週目に入ったところだそうです」

「ということは、つまり……」

「はい。お義父さまの子です」

もちろん、その覚悟で中出ししたのだが、まさか、一発で命中するとは思っていなかった。

六十六歳の男が三十歳の女を、排卵時だとは言え、一回で妊娠させたのだ。

奇跡だ。

奇跡としか言いようがない。

「やったな」

「はい……お義父さまのお蔭です」

「崇史には伝えたのか？」

「いえ、まだ……まずはお義父さまにと思って」

「ありがとう……だけど、大丈夫なのか？　崇史とは、その、その時期にアレをしたのか？　中出しさせたのか？」

本当は訊きたくないが、訊かざるを得ない。

「ご心配なく……そこは、大丈夫です」

そう言うのだから、抱かれたのだろう。嫉妬に似た思いが押し寄せてきた。だが、嫉妬をしている場合ではない。美和子が自分の子を受胎したのだから。

「そうか……いや、よかった。だけど、重いよ。責任を感じるよ」

「お義父さまは気になさらなくてけっこうです。この子は、崇史さんの子供であり、お義父さまのお孫さんです。そうですすよね？」

「……ああ、そうだったな。その子は、俺の孫だ」

「はい……よかったです。お義父さまに初孫をお見せできて」

「……そうだな。おめでとう。無理しないで、お腹のなかで大切に育ててくれよ。そして、無事に出産してくれ」

「はい……ありがとうございます。今から、崇史さんにも連絡をしますね。きっと、喜ぶと思います」

「そうだな。そうしてやれ……一度なるべく早く家に来なさい。いいね？」

「はい……必ず。では……」

美和子からのスマホが切れて、しばらく呆然としてしまった。

それから、リビンクをぐるぐるまわりながら、自然に口走っていた。

「俺の子だ。俺の子が産まれてくるんだ」

夢でも見ているのかと手の甲をつねってみた。痛かった。

(ああ、これは現実なんだ。美和子は俺の子を産むんだ!)

そう思うと、全身に力が漲ってきて、

(俺は産まれてきた子が成人するまでは生きるんだ。ただ生きるだけではダメだ。産まれてくる子のために、働いてお金を貯めよう!)

宗則はそう心に誓った。


一月後の土曜日、長男の家に、勇樹以外の家族が集まって、美和子の懐妊を祝っていた。勇樹は仕事が詰まっていて、来られないのだと言う。

美和子はつわりがひどいらしく、少し窶《やつ》れて見えた。だが、表情は満足げで、妊娠した女の強さのようなものがうかがえた。

崇史の美和子への気の使いようは半端《はんぱ》ではなかった。本人としても、ほとんど諦めていた子供ができて、大喜びしつつ、責任の大きさに自分を戒めているのだろう。

美和子によれば、これまであった出張前のうきうきした感じがなくなったし、もしかしたら、立花結衣とのコンビを解消したかもしれないと言う。

これで、美和子のお腹の子が自分ではなく、義父の子だと知ったら、崇史は気が狂うだろう。もちろん、この秘密が他人に知られることは絶対にないのだが。宗則も疚《やま》しさがないといったらウソになる。しかし、そう考えないようにしている。この懐妊で悲しむ者は誰もいない。そして、全員が幸せになる。だったら、それでいいではないか？

しかし、この建売住宅は四軒ともほぼ同じ設計で、壁の色だけが違う。内部も機能的ではあるが、木の温《ぬく》もりがない。

何となく、美和子がうちに来たがった理由がわかるような気がする。

二時間ほど過ごし、洗面所で美和子と二人になったときがあった。美和子はこう耳元で囁いた。

「妊娠五カ月に入れば、安定期になりますから、そのときにしましょうね」

股間をズボン越しに撫でられると、それだけで宗則のものは力を漲らせる。

こうしてくれるのだから、美和子が宗則に近づいたのは、精子目当てではなかったのだろう。純粋に自分を愛してくれているのだ。そう確信した。

美和子は人影を気にしながら、しゃがんで、ズボンとブリーフを膝までおろし、いきりたちを頬張って、顔を打ち振った。

「いいよ、無理しなくても……ああ、くうぅぅ」

美和子に気を使いながらも、宗則はもたらされる快感に我を忘れそうになった。

まだお腹は目立たないが、自分の子を宿している美和子が、いきりたつものを頬張ってくれているのだ。

(美和子は魔性の女だ。俺はこの女から逃れられないし、また、逃れる必要もない)

そう思ったとき、洗面所の前を通りすぎていく影がすりガラス越しに見えて、宗則はとっさに美和子から離れた。

最初に洗面所を出ると、そこには莉乃がいて、こちらを見て微笑んだ。いやな予感がした。

2

その後、あまり負担をかけてはいけないからと、夕方前に宗則と莉乃は帰宅することになった。莉乃は電車と徒歩で来ていたので、家まで送っていくことにする。

宗則の家と勇樹の家の分岐点にさしかかる前に、莉乃が言った。

「お義父さまの家に行きたいわ」

「……どうするんだ？」

「二人だけの話があるから」

「……どんな？」

「お義父さまの家に向かうなら、話すわ」

莉乃が言うので、宗則は車で自宅に向かった。

助手席に座った莉乃は、ワンピースを着ていた。シートベルトが大きな胸のふくらみを斜めに割り、足を組んでいるので、太腿がのぞいていた。

「話というのは？」

「……さっき、洗面所で美和子さんと何をしていたの？」

「別に、何も……」

「ウソよ。美和子さんにオチンチンを咥えてもらっていたじゃない！　お義姉《ねえ》さまが妊娠しても、まだつづいているのね？」

下手《へた》に弁解すると、言葉尻をとらえられる。黙っていると、嵩《かさ》にかかって責めてきた。

「わたしね、じつは疑っているのよ」

「何を？」

「お義姉さまの子が、じつはお義父さまのタネなんじゃないかって」

図星を指されて、ドキッとした。だが、証拠はない。否定すればいい。

「馬鹿なことを言うな。いい加減にしなさい！」

「あら、そうかしら？　変なのよね。美和子さんは、お義父さまと不倫をつづけていたわけでしょ？　多分、お義兄《にい》さまとはセックスレスだったはず。なのに、いきなりお義兄さまの子を懐妊なんて、どこかおかしいわよ。本当は、お義父《とう》さまのタネなんでしょ？　違う？」

「違う。それだったら、崇史だって不審に思うはずだろ？　だが、そう思わないのは、二人はきちんとアレをやっているからだ。そうじゃないか？」

理屈で攻めた。と、莉乃がまさかのことを言った。

「じつはね、うちもちっとも妊娠しないから、病院で検査を受けたのね。そうしたら、勇樹、無精子症だってことがわかったのよ……もちろん、勇樹本人には言ってないわ。自信喪失しちゃうでしょ」

「ほ、本当なのか？　ちゃんと調べてもらったのか？」

宗則は動揺しながら、問い質《ただ》した。

「ええ……きちんとした病院で。二度も検体を取って、調べたのよ。でも、同じ結果だった……だから、ひょっとしてお義兄さまも無精子症じゃないかと思っていたのね。あそこもちっとも子供ができないから。兄弟だしね……お義姉さまはお義父さまと身内不倫して、崇史義兄さんとはほぼセックスレスだったはず。それなのに、突然、子供ができたなんて、おかしいわ、絶対に……お義父さま、やったよね。お義姉さまに中出ししたよね。そうよね！」

詰め寄られて、たじたじとなりながらも、大切なことを訊いていた。

「馬鹿なことを言うな。そんな根拠のない邪推は口にするものじゃない！　それよりも、勇樹が無精子症って、事実なのか？」

「本当ですよ」

「じゃあ、子供ができないじゃないか！」

「そうよ。だから、考えたの。うちも、お義父さまの精子をもらって、子供を作ればいいって……」

「何を言っているんだ？　言っている意味がわかっているのか！」

「わかっているつもり。いいじゃないの。孫二人がじつは自分の子だって、ある意味、男冥利《おとこみようり》に尽きると思うけどな。ねっ、美和子お義姉さまに精子を提供したんだから、莉乃にもくださいよ。ねえ、これを……」

莉乃が助手席から右手を伸ばして、運転している宗則の股間を触ってきた。

「よしなさい……危ない！」

「大丈夫でしょ？　お義父さまはこのくらいじゃあ、事故ったりしない人だもの」

莉乃はズボンのベルトを巧みに外し、ブリーフから屹立を取り出した。そして、車内でそそりたつ肉柱を握って、しごく。

「ほらね、すぐにこうなった。お義父さま、アレでしょ？　美和子お義姉さまが妊娠なさって、セックスできないから、溜まっているんでしょ？　お義姉さまの代わりに、妹が出させてあげる。ただし、わたしのなかにね……」

莉乃は周囲を見まわして、見つかることはないと判断したのだろう、いきなりこちらに向かって上体を折り曲げてきた。

驚いた。

莉乃は助手席から身を乗り出すようにして、イチモツを頬張ってきたのだ。

この車はギアがハンドルについているから、カーフェラしやすいことはわかる。しかし、まさか次男の嫁がこんなことを……！

莉乃は口に含むと、顔を振りはじめた。

「んっ、んっ、んっ……」

つづけざまに唇を往復させせて、ジュルルッと唾液を啜《すす》りながら、バキュームフェラをする。

オチンチンが充溢しながら蕩けるような快感に目を閉じそうになって、

（ダメだ。二人とも死ぬぞ！）

宗則は必死に正気を保つ。

前を見て、ハンドルを十時十分のところでしっかりと握る。

（もう少しだ。もう少しで、家まで着く……！）

さっきは肝を冷やした。

莉乃は勘づいている。美和子の子の親が、崇史ではなく、自分であることを。

（証拠はない。しかし、たとえ証拠がなくても、言いふらされれば、それが噂となってひろがる。そうなったら、最悪だ。それに、莉乃は俺と美和子さんが性交しているときの映像をまだ持っている。こっちも、俺と莉乃との映像を持っているが、それがいつまでも抑止力の役目を果たすとは限らない。何とかしないと……）

宗則は周囲に注意を払い、とくに信号待ちでは、莉乃が上体を起こすと周囲から見えてしまうので、頭を押さえつけた。

間もなく我が家に到着して、そこで、ようやく莉乃は顔をあげた。

上体をあげ、口許の唾液を手の甲で拭って、

「お義父さま、オシッコ臭かったわ。すぐに慣れたけど……」

平然として言う。

「入りましょ。勇樹は家で仕事しているから、わたしの帰りを待ってると思うの。あまり時間がないのよ」

家に入るなり、莉乃が抱きついてきた。

キスをしながら、宗則をリビングのソファに押し倒す。

ズボンとブリーフをさげて、足先から抜き取っていく。下半身裸でワイシャツと靴下をつけた宗則はいささか滑稽な格好で、ソファに横になる。

すると、莉乃はワンピースを脱いで、下着姿になった。

藤色の刺しゅう付きブラジャーがEカップを持ちあげ、腰骨に引っかかるようなハイレグのパンティが鋭角に股間に食い込んでいる。

莉乃が宗則の顔面をまたいできた。

「ねえ、舐めて……莉乃のオマンマンを」

「……いや、俺は……」

「じゃあ、いいのね。美和子さんの子が、本当はお義父さまの子だって、言いふらす

わよ。こっちには、まだあの動画だってあるんだから。あれをお義兄さまにお見せしましょうか？」

「やめろ、馬鹿な真似はよせ！　こっちにだって、きみが俺とアレをしている映像があるんだからな」

「いいわよ、見せても。勇樹に見せなさいよ。わたしはね、もう勇樹とは離婚してもいいと思ってるのよ。だから、かまわない」

「……そういう捨《す》て鉢《ばち》な考えはよせ。自棄《やけ》になるな」

たじたじになりながら、必死に言う。莉乃が勇樹との離婚を覚悟したとき、自分が持っている映像の抑止力はなくなる。

「だったら、子種をちょうだい。お義姉さまだって、いただいたじゃない。いいでしょ？　長男の次は、次男でしょ？　ねえ、舐めて……」

莉乃が藤色のクロッチをひょいと横にずらした。

変色した肉びらが現れ、その突き出した唇のような陰唇はふっくらとしているが、すでに内部の赤い粘膜をのぞかせている。

車のなかでフェラチオされていたせいか、その縁が蘇芳色になった鶏頭の花に似た肉びらや、血のように赤い粘膜に、宗則は昂奮を抑えられない。

「舐めて……舐めなさい」

莉乃が命令口調で言う。宗則は断れない。

横にずれたクロッチからのぞく陰唇の狭間を、舐める。いっぱいに出した舌でなぞりあげると、ねっとりとした粘液が舌にまとわりつき、

「ぁあああ、気持ちいい……お義父さまの舌、勇樹よりずっと気持ちいい……ぁあああ、いいよぉ」

莉乃は腰を振って、宗則の口に雌芯を擦りつけてくる。

ぬるぬるした感触を味わっていると、莉乃はいったん立ちあがり、パンティを脱いだ。そして、シックスナインの形でまたがってきた。

突き出された尻の谷間で可憐な菊の花が窄まり、女の媚肉が大輪の花を咲かせている。

しゃぶりつく前に、イチモツを頬張られた。一気に根元まで咥えられて、

「んっ、んっ、んっ……ジュルル……」

大きくストロークされ、バキュームされると、甘く疼くような感覚がひろがってくる。

それをこらえて、尻を引き寄せ、谷間の肉割れに舌を走らせる。

さっきより、肉びらがふくらみ、開いて、ぬめりも増していた。

舐めるたびに、莉乃は「んっ、んっ……！」と頬張ったまま声を洩らし、尻を揺する。

「ねえ、指が欲しい。お指をちょうだい」

莉乃がいったん吐き出して、せがんでくる。

宗則が中指を膣口に押し当てると、ぬるぬるっとすべり込んでいって、

「あうぅ……！」

莉乃が喘いで、肉柱を手コキする。

宗則は中指で抜き差しをしながら、気になっていることを訊いた。

「最近は、勇樹とセックスしているのか？」

「あんまり、してないわ。しても、勇樹はすぐにイッちゃうし、あとで自分でしなきゃおさまらないから……だから、欲求不満なのよ。わたし、お義父さまがいい……お義父さまだって、美和子さんが妊娠していて、できないから、溜まっているんでしょ？　だって、お義父さまはその歳で、スーパー元気だもの……いいのよ。莉乃が解消してあげる。それに、妊娠できたら、一石二鳥でしょ？　お義父さまのこれ、異常なくらいに元気だものね。いまだに妊娠させちゃうほどに、精子も元気だしね。素敵

よ。ああ、欲しくなってきた。これが欲しい」

莉乃がいきりたつ肉柱を握って、素早くしごく。

「くうぅ……」

宗則が唸っている間に、莉乃は身体を起こした。

ソファに仰臥している宗則の下半身を、向かい合う形でまたいでくる。

腰を沈めて、屹立を埋め込むと、

「ぁあぁ……いい……お義父さまのチンポ、オッきいし、カチカチ……ああ、たまんない。たまんない……」

莉乃は腹の上でぐりん、ぐりんと腰をグラインドさせて、肉柱を揉み抜く。

それから、自分でブラジャーを外した。

こぼれでてきた乳房は巨乳と呼んで差し支えないほどにたわわで、大きめの乳輪と小さめの乳首は薄いピンクだ。

宗則は両手を伸ばして、乳房を揉んだ。

量感あふれる房をもみもみして、乳首をつまんで転がす。すると、莉乃は腰を激しく前後に打ち振っては、

「ぁああ、たまんない。それ、たまんない……」

莉乃はますます強く恥肉を擦りつけてくる。

宗則は我慢できなくなって、求めた。

「頼む。莉乃のオッパイを吸わせてくれ」

「いいよ。その代わり、中出しして……」

「わ、わかった」

宗則はそう答える。中出ししたからと言って、妊娠するとは限らない。それに、たとえそれで莉乃が受胎したとしても、誰かが不幸になるわけでもない。

莉乃が言うように、勇樹も無精子症でそれを知らないとしたら、妻の受胎は勇樹の大きな喜びとなり、これから生きていく上で、励みになるだろう。

それに、息子二人が無精子症であるとすれば、それは宗則が抱えていた何らかの異変がその要因になった可能性は高い。だとしたら、親がその責任を取るのは、ごく自然なことだ。

莉乃が騎乗位で挿入したまま、ぐっと身を屈めてきた。

近づいてきた巨乳に、宗則はしゃぶりつく。

左右の大きなふくらみをつかみ、形が変わるほどに揉みしだいた。それから、潜り込むようにして、頂にしゃぶりつく。チューッと吸うと、

「あああ、いい……」

と、莉乃が顔をのけぞらせた。同時に、膣がぎゅんと肉柱を締めつけてくる。

(そうか……吸えば、締まるんだな)

宗則は夢中になって、乳首を吸った。

まるで、赤子が母乳を吸うときのように、チュー、チューッと断続的に吸い、最後に強く長く吸う。

「ぁあああ……へんになるぅ！　あっ、あっ……」

莉乃が顔をのけぞらせて喘ぎ、そのたびに、膣がびくっ、びくっとイチモツを締めつけてくる。

宗則は吐き出して、乳首を指で攻める。両手の中指と親指で突起を挟んで、捏ねながら、側面を擦る。すると、

「ああ、たまんない。へんになる……気持ち良すぎて、へんになる……ぁああ、ああ、はうぅぅ」

莉乃は腹の上でのけぞり、がくん、がくんと痙攣する。

ふたたび、乳首を吸った。吸うだけではなく、舐め転がし、唾液でべとべとになってせりだしている硬い乳首を、また吸う。

吸いながら、たわわなふくらみに顔を埋める。顔が沈み込むような柔らかな弾力を感じて、乳首を吸っていると、赤子のときはこんなことをしていたのだろうなと思う。それなのに、まったく覚えていないことが不思議だ。こんな気持ちいいことを、人は忘れてしまうのか……。

柔らかな房に顔を擦りつけながら、乳首を吸っていると、莉乃の気配がさしせまってきた。

「ぁああ、いいの……ねえ、突いて。莉乃のオマンマンを突き上げてください。お義父さまのデッかいチンポで莉乃を突き上げて……ガンガン欲しい！」

莉乃がせがんできた。

「よおし、ガンガン突いてやるからな……そうら、どうだ？」

宗則は莉乃の背中と腰に腕をまわして引き寄せて、下から腰を撥ねあげてやる。

ひさしぶりのセックスで元気一杯の分身が、斜め上方に向かって膣を擦りあげていき、

「あんっ、あんっ、あんっ……ぁあああ、すごい。お義父さまのオチンポ、いつもすごい……あんっ、あんっ、あんっ……」

莉乃がぎゅっとしがみつきながら、喘ぎ声をスタッカートさせる。

「そんなに俺のチンポがいいのか？」

「いいのよ。いいの……だから、お義姉さまも夢中になったんだわ。ぁああ、すごい、すごい……ぁああ、イキそう……ちょうだい。出してください。出して……」

「いいのか？　本当にいいんだな？　後悔しても遅いぞ」

「いいのよ。本当にいいの……どうしたら、出せる？　どうしたらいい？」

「じゃあ、俺の顔面を舐めてくれ。ベロベロ舐めてくれ」

「そんなんで、いいの？」

「わからない。今、ふいにそう思ったんだ。さあ……」

せかすと、莉乃が顔面を舐めてきた。いっぱいに出した舌で額から脇のほうへと舐めおろしていく。それから、目の真ん中から鼻筋にかけて、舌をおろしてきた。

鼻を舐められると、唾液の甘く、生臭いような匂いがして、それを吸い込むと、分身が膣をぐいと押しあげた。

「ああ、そのまま、鼻と口を……」

「こう……？」

莉乃が鼻と口の周辺に舌を這わせる。ぬめぬめした蛞蝓《なめくじ》のようなものが鼻と口のまわりを這うと、その奇妙な感触と唾液の匂いが心地よかった。

（ああ、俺はこんなことでも昂奮するのか……！）

最後はディープキスをして、莉乃の舌を思い切り吸った。吸いながら、つづけざまに突きあげる。

切っ先が奥に届くたびに、扁桃腺《へんとうせん》のようなものがまとわりついてきて、宗則は急速に高まった。普段ではこんなに短時間では射精できない。

しかし、今は違った。唾液の甘い香り……。上と下の粘っこいものにまとわりつかれ、急速に押し上げられる。

（出すぞ。中に出すぞ！）

スパートして、力を振り絞ったとき、

「あああ、イキます……莉乃もイクぅ……！」

莉乃が断末魔の声をあげ、駄目押しとばかりにもう一撃叩き込んだとき、宗則もしぶかせていた。

熱い男液が莉乃の子宮めがけて飛び散り、宗則は尻を痙攣させた。

3

猛暑の日、早坂家の菩提寺《ぼだいじ》で、亡妻・江里子の三回忌が行われていた。

その法要には、早坂家の家族、親族が勢揃いしている。

宗則の隣には、妊娠五カ月を迎えて、お腹も大きくなった美和子が、白いハンカチで額の汗を拭い、大きくなったお腹に数珠《じゅず》のかかった手を添えて、僧侶の読経を聞いている。

その後ろの席には、勇樹と莉乃が座っている。

莉乃は妊娠三カ月目でまだお腹は目立たないが、義姉と張り合うようにお腹に手を当てて、満足そうな顔で読経を聞いている。

莉乃の妊娠がわかったのが一月半前で、いちばん喜んだのが、勇樹だった。

じつは、莉乃に『ちっとも妊娠しないじゃないの。勇樹、じつはタネナシじゃないの？』と疑われていたようで、その疑惑が晴れてよかったと、勇樹は冗談交じりに言っていた。

宗則は胸が痛かった。

あのあとで、莉乃に求められるままに、数回中出しをした。それが何回目かにようやく命中して、受胎した。

もちろん、莉乃はその間も勇樹ともセックスしていたから、勇樹は妻の妊娠に何ら疑いを抱いていない。

読経が終わり、宗則から順番に焼香をしていく。

早くまわすために、夫婦は同時に焼香をする。

長身の崇史とすらりとした美和子が、並んで焼香をする。美和子の腹は横から見ると、かなり大きくふくらんでいて、そこに自分の子がいるのだと思うと、うれしいような、後ろめたいような気持ちに襲われる。

世間広しと言えど、この感情を味わうのは、自分くらいのものだろう。

長男夫婦のあとで、次男夫婦が焼香をする。

二人とも小柄だが、洋装の喪服を着た莉乃は、胸も大きくなっているのか、グラマラスに映る。勇樹が長い間手を合わせていたのは、母親に妊娠の報告をしていたのかもしれない。

宗則は自分が不思議な世界にいるような気がしている。

二人の息子夫婦が、なかなかできなかった子をそれぞれ授かった。喜ばしいことだ。

だが、じつは二人ともその父親はこの自分なのだ。産まれてくる子は、孫ではなく、実子なのだ。

おぞましすぎる――。

いや、違うぞ。そんなふうに思ったら、産まれてくる子に失礼だ。自分は息子たちの欠陥を補って、夫婦を幸せな道へと導いた。

(そうだ。俺は悪いことはしていない。みんなが幸せになるように、したまでだ。そうだよな、江里子。江里子はすべてお見通しだろう。わかってくれるよな。江里子も許してくれるよな)

親戚の焼香も済んで、僧侶が退席し、最後に施主の宗則が終了の挨拶をする。

その後、一同がお店の用意したマイクロバスに乗って、おときの会場へと移動する。

バスのなかでは、

「三回忌に、二人の懐妊を江里子さんに報告できてよかったわ」

従姉《いとこ》がそう語り、

「そうよねえ。江里子さんももう少し頑張っていたら、二人のお孫さんに逢えたのにねえ」

別の従妹も同調する。

美和子は神妙な表情で、莉乃はにこにこしてそれを聞いていた。

そして、宗則は鉄面皮でそれを聞く。

おときの会場に到着して、崇史は美和子に気をつかいすぎるほどに気をつかい、美和子を椅子に座らせる。莉乃へも勇樹が兄に負けずに注意を払って、莉乃を椅子に案内する。

そんな様子を見ていると、宗則はこれでよかったのだ、と心からそう思えた。

莉乃はつわりがあって、食べられない物が多く、勇樹に文句を言っていた。それに対して、美和子は食欲旺盛で驚くほどによく食べた。

二時間ほどでおときは終わり、店のマイクロバスで寺まで戻り、そこから各々が帰路についた。

心配な二人を抱えての三回忌だったが、何事もなく終わることができた。

ホッとしていると、美和子から連絡が入った。

明日から、崇史が福岡まで出張するから、家に来てほしいと言う。

体調も最近はすこぶるいいから、二人で逢いたいらしい。

宗則は承諾して、電話を切った。

今日、ひさしぶりに美和子に逢って、気持ちが昂っていた。おそらく、美和子も同じだったのだろう。だから、電話を寄こした。

翌日の午後、宗則は車で崇史の家に向かった。

到着して、リビングで寛いでいると、美和子がお茶とお茶菓子を出してくれた。饅頭を食べ、上品な緑茶を啜った。

飲み終えると、美和子がソファのすぐ隣に腰をおろした。

「もう動くんですよ。触ってみますか？」

そう言って、宗則の手を取って、お腹に導いた。

美和子はマタニティ用のゆとりのあるノースリーブのワンピースを着ていて、布越しにお腹に触れると、異様なほどのふくらみを感じて、たじたじとなってしまう。

触れているうちに、慈しむような気持ちが湧いてきて、前の床にしゃがんだ。

美和子の開いた足の間に両膝立ちになり、お腹の丸みをさすっているうちに、その手が徐々にさがっていってしまう。自分でもどうしようもなかった。

ワンピースの張りつく内腿にキスを浴びせると、

「あっ……ダメですよ、お義父さま……」

美和子がやんわりと制してくる。

「どうしても触りたいのなら、胸にしてください。最近、またどんどんバストが大きくなって、たぶん、二カップ以上大きくなっていると思います……自分でも重くて……それに、今、マッサージすると母乳が出やすくなるんですよ」

やんわりと微笑み、美和子が前開きのワンピースをもろ肌脱ぎにして、腰までおろした。

美和子がマタニティブラのフロントホックを外すと、圧倒的な乳房がまろびでてきた。元々の美和子の乳房は理想的なDカップだったが、今はE、いやFカップはあるだろうか、ふくらみの大きさが全然違う。それに、全体がパンパンに張りつめて、仄白い乳肌から青い血管が何本も透け出ている。

「すごいな……感動したよ」

「そうでしょ？ 莉乃さんにも負けないでしょ？」

「えっ、ああ……いや、どうだろう？」

「莉乃さんを妊娠させたの、お義父さまでしょ？ いいの、わかっているから。莉乃さんから直接聞きました。お義姉さまに負けたくなかったって……」

「ゴメン……仕方がなかったんだ」

「いいんです。それはもう……わたしは早坂先生の子を身ごもっただけで、最高に幸せなんですから。わたし、あの頃から、先生の子を身ごもりたいって、密かに願っていたんですよ」

宗則は言葉が出ない。

「だから、今、夢を叶《かな》えられて、本当に幸せなんです……でも、お義父さま、うちの子のほうに目をかけてくださいね。そうじゃないと、もう、こういうことはさせませんからね」

「……わかった」

結局、こうなったのも、幾つかの偶然が重なったとはいえ、高校生の美和子の強い意志、願望があったからこそだろう。

「先生、わたしのオッパイを吸って、マッサージしてください。強くしてはダメですよ、柔らかくね」

うなずいて、宗則は光沢を放つほどに薄く張りつめている乳房を柔らかく揉みながら、乳首にしゃぶりついた。

お腹の子に影響を与えてはいけないと、自然に慎重に、繊細な舌づかいになる。それでも、柔らかく小さかった乳首が急速に硬く、円柱形に伸びてきて、美和子の気配が変わった。

「ぁああ、気持ちいい……お義父さまの舌、気持ちいい……ひさしぶりだから、余計に気持ちいいんだわ……ぁあうぅぅ」

美和子が顔をのけぞらせて、喘ぐ。

左右の乳首を丹念に舐め、ふくらみを柔らかく揉みつづけていると、美和子がソファから降りて、宗則に床に立つように言う。

宗則が立ちあがると、美和子はズボンとブリーフを脱がし、現れた肉柱にしゃぶりついてきた。

どんどん硬く、大きくなっていく肉茎をしごきながら、

「昨日、喪主を勤めるお義父さまを見て、あそこがきゅんと疼いたんですよ。本当はね、おときの会場でお義父さまのこれをおしゃぶりしたかった。だから、今日、来ていただいたんです」

見あげて言って、美和子はまた、屹立に唇をかぶせてくる。

お腹を大きくした息子の嫁が、自分のイチモツを美味しそうにしゃぶり、舐め、しごいてくる。苦しいだろうに、潜り込んで睾丸袋を舐めあげながら、肉棹を握りしごいてくる。

「美和子さん、お腹の子が心配だ。無理しないでくれ」

「大丈夫です。自分の身体のことは自分がいちばんよくわかりますから」

そう言って、美和子は徐々に激しく、大きく顔を打ち振る。

まったりとした唇が適度な圧力で勃起をすべり動き、舌が下側にからみついてくる。

(ああ、俺は今、最高の瞬間を迎えている！)

ジーンとした痺れにも似た快感がひろがってくる。

理性を失う前に、ずっと考えていたことを告げた。

「俺は、新しく学習塾を開こうと思っている。中学生を教えたい。そうすれば、美和子の子供に少しは残してやれるだろう。賛成してくれるか？」

訊くと、美和子は頬張ったまま見あげて、こっくりとうなずいた。

「俺にも生きる力が湧いてきたよ。もう一度、新しい人生を送るつもりだ。まだ、最低二十年は生きないといけないからね」

言うと、美和子は咥えたまままもう一度うなずき、根元を右手で握った。

しなやかな指でしっかりと握られ、ぎゅっ、ぎゅっとしごかれながら、亀頭冠を唇と舌で摩擦されると、あの射精前に感じるピーンと張りつめるような感覚が下半身を満たしてくる。

「ああ、出そうだ。美和子さん、出そうだ。外に出そうか？」

訊くと、美和子は首を左右に振った。

「口に出してもいいのか？」

美和子がうなずいた。そして、いっそう激しく握りしごきながら、小刻みに唇をすべらせる。敏感な亀頭冠を引っかけるように往復されると、もう我慢できなくなった。

「俺以上に幸せな男はいないよ。すべて、美和子さんのお蔭だ……ぁああ、出すぞ。出す……うあぁぁぁ」

宗則は吼えながら、白濁液を放った。そして、美和子は浅く、咥え直して、噴出する男液をこくっ、こくっと嚥下《えんげ》している。

出し終えて、肉棹を抜くと、美和子は口に残っている白濁液を呑み終えて、口角に付いた白濁を手の甲で拭いながら、にっこりと宗則に微笑みかけてきた。

（了）

＊本作品はフィクションです。作品内の人名、地名、団体名等は実在のものとは関係ありません。

長編小説
ふたつの禁断《きんだん》 長男《ちょうなん》の嫁《よめ》と次男《じなん》の嫁《よめ》
霧原《きりはら》一輝《かずき》
2025年2月24日　初版第一刷発行

カバーデザイン……………………………… 小林こうじ

発行所………………………………… 株式会社竹書房
〒102-0075　東京都千代田区三番町８－１
三番町東急ビル６F
email：info@takeshobo.co.jp
https://www.takeshobo.co.jp
印刷・製本……………………… 中央精版印刷株式会社